U0484046

雨花忠魂

雨花英烈系列纪实文学

于无声处

李昌祉烈士传

刘晶林 著

江苏凤凰文艺出版社
JIANGSU PHOENIX LITERATURE AND ART PUBLISHING

“雨花忠魂·雨花英烈系列纪实文学”
丛书编委会

目　录

第一章
山雨欲来

1. 危机来临

1931年4月25日这一天，对于李昌祉来说，和以往并没有什么不同。早晨，吃过早饭，李昌祉出门上班。李昌祉就职于国民党高级军校党部，衣领口缀着的两杠三星上校军衔，在晨辉的映照下，熠熠闪光。此时的李昌祉是中国共产党党组织派来南京打入敌人内部的地下工作者。

南京的4月，春光明媚。路旁高大的梧桐树，枝头新吐的绿叶，经南风吹拂，一天一变，转眼间已有巴掌大了。 它们背衬阳光，呈半透明状，把密集的叶脉对着天空，尽情坦露。

李昌祉走着走着，会停下来，欣赏一会儿春天的美景。 其实，那是李昌祉佯装的。 他的真实意图，是通过观景，借机观察周围的环境是否有异常情况。 自从深入虎穴，打入敌人内部，当一名特工以来，李昌祉已养成了一种职业习惯，不管何时何地，他都保持着高度的警惕性，随时随地让自己处在一种相对安全的状态之中。

还好，经观察，一切正常。 马路边卖香烟的，还是那个瘦小的老头；摆地摊卖菜的，仍是那张熟悉的脸；就连身后走来的那个头戴礼帽的中年人，当李昌祉的目光与他对视时，对方竟然面部坦然，毫不慌张……李昌祉继续往前走。

再走一会儿，李昌祉就要到达军校的校门口了。

隔着老远，李昌祉已经看到校门口全副武装站岗执勤的卫兵。

然而，李昌祉毕竟身处 20 世纪 30 年代，那时候资讯不发达，不可能像我们今天这样，世界上任何地方发生的任何重要信息，数秒钟之内，就可以通过卫星或是网络传送到你的手机屏幕上。 所以说，在当时的情况下，即使李昌祉再有地下工作的经验，再有警觉性，也不可能第一时间得知离南京数百千米之外的武汉发生的事。

事实上，1931 年 4 月 24 日在武汉发生的一件事，不仅对李昌祉很重要，而且对中共地下组织也很重要，因为它差一点就改变了中国近现代的历史！

仍旧是 1931 年 4 月 24 日。

武汉新市场游艺场，是一个热闹非凡的场所。 当年，它在艺人心目中的地位，如同早年上海的“百乐门”、北京的“天桥”、美国的“百老汇”……你要是能在那个地方登台表演，就意味着你的演艺得到了社会的某种认可。 这就像现如今的歌星，你要是说你在人民大会堂、国家大剧院、维也纳的金色大厅举办过个唱音乐会，这还了得啊，全中国那么多声乐从业者，就那么一小部分人能够登上金字塔的塔顶，该是多么自豪、多么荣耀的一件事，得让多少人刮目相看，眼睛为之一亮!

魔术师化广奇就是抱着这样一种心理的人。他渴望登上这样的舞台，当着众人的面，施展炉火纯青、天衣无缝的魔术绝活，然后在把观众征服得目瞪口呆中，收获雷鸣般的掌声。唯有如此，他才能够满足，得到快感!

实际上，这只是表象，“化广奇”纯属化名，魔术师也并非这个人的正业。这个人的真名叫顾顺章，是一位职业革命者。他出生于1903年，早年在南洋兄弟烟草公司做钳工，曾加入青帮。1925年“五卅”运动中，他表现活跃，因组织烟草公司的工人运动，进入上海市总工会，并加入中国共产党。1926年被党组织选派与陈赓一起赴苏联学习政治保卫。1927年回上海不久，即参加上海工人第三次武装起义，被上海市民代表推选为执行委员和上海市政府委员、工人武装纠察队的总指挥。1927年，蒋介石和汪精卫相继发动“四一二”反革命政变和“七一五”反革命政变，中共转入地下活动。同年，在我党的八七会议上，顾顺章被选为临时中央政治局候补委员兼中央交通局局长，后参加中共中央特科的组织和领导工作；1928年6月在中共第六次代表大会上当选为中央委员。此后长期在上海与周恩来负责中共地下活动，为中共特委三位领导人之一。看了这样的简历，就知道顾顺章在当时党内的位置多么重要了。

按理说，作为中国共产党早期领导人之一、老资格地下情报人员、中共中央特科负责人之一，尤其是掌握着大量共产党机密的高层领导，若是换了别人，会尽可能在生活中隐姓埋名，让人不知道才好，顾顺章却反其道而行之，不仅在公开场合抛头露面，而且违反纪律，竟然在闹市表演起魔术来，他就不怕暴露吗?

之所以这样做，首先跟他的性格有关。

顾顺章性格散漫，虽然是工人出身，但因一度参加过青帮，身上染有一股难以改变的痞子劲道；他为人聪慧，自学魔术，竟能把魔术表演得得心应手、出神入化。此外，顾顺章早年曾和陈赓一同前往苏联学习政治保卫，也就是学习如何在隐蔽战线做特工。所以，他自认为身怀绝技，既不把组织内的同志放在眼里，也不把敌人放在眼里。这样一来，顾顺章在1931年4月完成中共中央下达的任务，把赴鄂豫皖苏区的张国焘及陈昌浩护送至武汉后，并没有立即回上海复命，而是在25日这一天，擅自使用“化广奇”的艺名，登上了武汉新市场游艺场的舞台。

其次，顾顺章不顾自己的身份，在武汉闹市众目睽睽之下登台表演，还与金钱有关。顾顺章之所以完成任务后没有及时返回上海，与贪恋女色有关，他需要大把大把的钱。他在花光了身上所有的钱之后，出此下策，欲通过自己精通魔术的一技之长，来继续维持灯红酒绿的放荡生活。

那天，登台表演的顾顺章十分投入，他施展浑身解数，把魔术绝活展示得十分到位。当然，沉浸在巨大表现欲得到充分释放快感之中的顾顺章，是不可能得知这次登台表演，是他人生中最后一次在公开场合献技。他即将告别魔术舞台，踏上另一种舞台，从事别样的表演，那是肮脏的表演，罪恶的表演！

接下来，事情的发生就显得简单多了。

那一天，顾顺章在台上表演时，台下远远地坐着一个人，他名叫尤崇新。

在上海地方志上可查到，尤崇新本名游无魂，就像他曾用过“吴浑”“郁伍文”“梅卿”等名字那样，“尤崇新”只是他的化名。他曾任中共武汉市委书记。1931年1月，尤崇新被捕，随即叛变。

当时，在台上表演的顾顺章尽管化了装，化名“化广奇”，但他中等身材，结结实实的腰板，大大的眼睛，高高的鼻梁，是不可能改变的。另外，顾顺章的眼睛有神，会说话。有时候，他什么都不说，只用眼睛稍微示意一下，对方就知道他要说什么或要做什么了。这是一个重要特征。就凭这一重要特征，尤崇新认定魔术师“化广奇”就是顾顺章！

顾顺章随即被捕，被押往国民党武汉绥靖公署行营。

被捕后的顾顺章依旧保持着曾混迹青帮时养成的痞子劲道，以及身为中共政治局候补委员、中共中央特科负责人的莫名的高傲。他端着架子对武汉调查科特务头子蔡孟坚说：“共产党中央现在在上海，由我和周恩来负责。我知道中共的几乎所有秘密。事关重大，我不能对你说。”言外之意，你的级别太低，和我不对等。要说，立马送我到南京，和你们的蒋委员长当面说。

随后，顾顺章用对待下级的口气补充道：“还有，送我见蒋委员长的事，千万不要事先发电报报告南京。”

蔡孟坚出国留学喝过洋墨水，受过高等教育，他当然看不惯顾顺章的这一做法。他耐住性子对顾顺章说：“不就是那些事吗？有什么不能在这里说的！”顾顺章瞥了蔡孟坚一眼，嘚瑟道：“这可是捅破天的大事，跟你说了，你当得了家？再说，万一隔墙有耳，走漏了消息，你担当得起？！”接着，顾顺章又说：“别磨磨蹭蹭的了，赶快送我去南京。记住，务必乘坐飞机！”

蔡孟坚本来就看顾顺章不顺眼，心想，你都叛变了，还拿什么劲。你顾顺章要求坐飞机，我蔡孟坚偏偏让你乘轮船。你又能拿我怎么着？！

不仅如此，蔡孟坚还带有极大的抵触情绪，不顾顾顺章事先撂话，一连给南京发了六封电报，指明抓住的是中共要员顾顺章。蔡孟坚这样做，目的在于锁定利益。也就是说，是我蔡孟坚抓住了顾顺章，即使是把他押送南京，谁也不要跟我抢这个功劳！

继续说说李昌祉。

对于顾顺章的叛变，李昌祉并不知道。 按照隐蔽战线的惯例，从事地下工作的人员大多是单线联系。 因此，李昌祉只知道他的上线是谁，至于他的上线的上线是谁，遵照纪律，他从来不去打听。 何况顾顺章身居高层，离李昌祉隔着无数级别，他与他之间不可能发生直接的关联。 相反，倒是顾顺章知道南京地下党组织的情况。 他甚至知道有李昌祉这么一个人，化名隐藏在某个角落，从事着党的事业。 至于李昌祉长什么样，以什么身份做掩护，顾顺章并不清楚。 他知道的仅是大概。

然而，顾顺章对南京地下党组织的了解，足以对李昌祉构成致命的威胁。 更为严重的是，顾顺章在武汉被捕，即将被押送到南京。 也就是说，危险离李昌祉越来越近了，李昌祉却对如此重大事件的发生一无所知。 这样一来，李昌祉势必处在一个凶险的境地。

至于下一步，如何面对危机，化解凶险，就看李昌祉的把握了。

2. 隔墙有耳

1990 年，台湾传记文学出版社出版了蔡孟坚的回忆录《蔡孟坚传真集》，其中“可能改写中国近代历史的故事”一章，披露了 1931 年 4 月 27 日蔡孟坚押送顾顺章到南京后惊心动魄的一幕。 作为当事人，蔡孟坚在书中这样写道：

“当我飞抵南京，次日顾所乘轮亦到达南京下关，我乘车迎顾，经驶南京中央路 305 号中央调查科（后扩为中央调查统计局）科长徐恩曾先生的秘密办公处。 顾一看到路名门号，他即低声向我说：‘速将徐先生的机要秘书钱壮飞扣留，如钱逃亡，则前功尽弃。’他的话，使我震惊不已。 因钱某一向是该办事处重要办事人（主管电文），也与我有过多次公务接触。 我当时用电话将此惊人消息告诉徐恩曾先生，他惊愕之下，立即派人分别查究钱某行动。 旋据答复：‘钱某先已将我自汉口发出报告顾某被捕愿自首密电译出呈报后，即不知去向，似已证明在逃。”

蔡孟坚在他的回忆录里概略说到了事情的经过。为了写好李昌祉，我对这一事件发生的过程和种种细节，先后查找了大量的资料，进行了核对与了解。

据我所知，钱壮飞的孙子钱泓曾经对媒体谈到过他的爷爷，我认为他的话可信程度高，现摘录如下：

“在徐恩曾身边久了，我爷爷发现众多文件中总有一些标注‘徐恩曾亲译’的密电。而密码本一直被徐恩曾随身携带且从不离身。”钱泓说，“后来，听爷爷的劝，徐恩曾会把密码本锁在办公室以防丢失。爷爷设法取出密码本，并拍摄下来，但还是无法破译加密的电文。经仔细观察，发现徐恩曾桌上始终摆着一本《曾文正公文集》，引起了他的注意。留学回来的人，对文言文感兴趣，令人觉得有些奇怪。于是拿了这本书和密码本反复研究，终于发现了真正的破译方法。”

1931 年 4 月 25 日，徐恩曾出去了，留下钱壮飞值夜班。接连收到三封来自武汉的电报，“都写着徐恩曾亲译”。钱泓说，这种情况以前从来没有出现过，爷爷钱壮飞一下子警觉了，“我爷爷判断武汉出了大事，他当时就决定先看看这几封密电”。

第一封说：“黎明被捕并表示归顺党国，如能迅速解至南京，三天之内可将中共中央机关全部肃清”；第二封说：“将用轮船将黎明解送南京”；第三封说：“军舰太慢了，若有可能改用飞机押送”。黎明，是顾顺章的化名。

“我爷爷破译电报内容后大吃一惊。顾顺章叛变了，那意味着在上海的党中央可能要保不住了。”

钱壮飞赶紧把电文封好放回去，马上让同为中共党员、情报交通员的女婿刘杞夫连夜坐火车去上海，找“舅舅”李克农报警，通知党中央立即转移。

情报送出后，钱壮飞自己并没有马上走，“他还要观察武汉的事态发展”。第二天，又来了三封加急电报，当看到最后一封电报说“不要告诉你身边的人”时，钱壮飞马上知道自己暴露了。

后来，钱壮飞是怎么脱身的？说来，极富传奇色彩——

那天晚上，因事发突然，钱壮飞本可以说走就走，但妻子、儿子怎么办？

情况万分危急，钱壮飞却异常沉着冷静，他略加思索，便心如止水、波澜不惊地伏案，给徐恩曾写了一张便条：

“可均先生（可均，徐恩曾的字）大鉴，行色匆匆，不及面辞，尚祈见谅，政见之争，希勿罹及子女，否则先生之秽行，一旦披露报端，悔之晚矣！”

钱壮飞的意思是，你要是敢加害我的妻子和儿子，我就把你贪污受贿、欺男霸女等劣迹全都抖出来。总之，你就看着办吧。

据《未经硝烟的上将——李克农传》一书记载，4 月 27 日清晨，钱壮飞“若无其事地把电报亲自交给徐恩曾，然后像往常一样，装作回家休息的样子，从容不迫地离开了‘大本营’，登上返沪的列车……在到上海的途中，为防止出事，他到真如就下了车，然后步行进入市区”。

徐恩曾看了电报，再看钱壮飞留下的便条，知道情况不妙，顿时气得血压升高、七窍冒烟。过后，他下令把钱壮飞的妻儿抓了起来。

不过，不久之后又把他们放了。毕竟徐恩曾掂量得出钱壮飞给他留言的分量！

接到钱壮飞交给的任务，刘杞夫于 4 月 26 日清晨到达上海，那时李克农住在先施公司后边的凤凰旅馆。作为钱壮飞的地下交通员，刘杞夫自然知道李克农住在哪里。他轻车熟道，以最快的速度赶到那里，然后把顾顺章在武汉叛变的情况详细进行了汇报。

李克农深感问题严重，万分火急，一刻也不能耽误。但这一天恰巧是星期天，不是李克农与陈赓预先约定的碰头时间。怎么办？毕竟李克农特工经验丰富，应变能力强，他当机立断，决定立即找到中共江苏省委，然后通过江苏省委，借助中央刚建立起来的一个紧急备用的联络站，与陈赓取得了联系。

很快，周恩来得知了顾顺章叛变的消息，他立即主持召开了由陈云、康生、潘汉年、聂荣臻、李克农、陈赓、李强等人参加的紧急会议，决定采取四项紧急应变措施：

第一，销毁大量机密文件，对我党的主要负责人迅速转移，并采取严密的保卫措施，把顾顺章所能侦察到的或熟悉的负责同志的秘书迅速调换新手；

第二，将一切可以成为顾顺章侦察目标的干部，尽快地有计划地转移到安全地区或调离上海；

第三，审慎而又果断地切断顾顺章在上海所能利用的重要关系；

第四，废止顾顺章所知道的一切秘密工作方法，由各部门负责实行紧急改变。

时为中共上海特科负责人的聂荣臻后来在他的回忆录中写道：

“当时情况是非常严重的，必须赶在敌人动手之前，采取妥善措施。恩来同志亲自领导了这一工作，把中央所有的办事机关进行了转移，所有与顾顺章熟悉的领导同志都搬了家，所有与顾顺章有联系的关系都切断。两三天里面，我们紧张极了，夜以继日地战斗，终于把一切该做的工作都做完了。等敌人动手的时候，我们都已转移，结果，他们一一扑空，什么也没有捞着。”

现在回想起来，当时的情况如果用一个字形容，那就是“险”！

的确，险，太险了！中共中央机关及相关人员前脚刚刚撤离，后脚敌人就跟了上来。徐恩曾亲自出马，带着调查科总干事张冲、党派组组长顾建中等一大批军警特务，连夜赶到上海，会同英、法租界捕房，于 4 月 28 日的早晨，兵分两路：一路直奔顾顺章的家；一路搜查中共中央、江苏省委和共产国际驻沪代表处。

需要说明的是，中共中央在上海有两个机关，一个设在顾顺章和妻子张杏华家；一个设在他哥嫂家。当时选定这两个地方，主要考虑：一是因为那里居住的都是自己人，安全可靠；二是平时有顾家的人出入，可以避免引起外界的注意。

敌人之所以能够精准到位，直接包围顾顺章的家和他哥嫂的家，这正是顾顺章提供情报的结果。很多年后，顾顺章的女儿顾利群在接受媒体采访时，证实确有此事。

当然，这已是后话。

那天早晨，敌人的搜捕最终一无所获，这让徐恩曾十分沮丧。

在 1931 年的 4 月末，由于顾顺章的叛变，上海闹出了那么大的动静，而与之不远的南京，却显得风平浪静。

但这只是暂时的。

很快，李昌祉通过他的上线，获得了相关信息。

一场暴风骤雨即将来临！

3. 融入夜色之中

李昌祉看了看手表，时间到了，他决定出门。

临离开家时，李昌祉小心翼翼地在门缝里夹了两根头发。那头发很细，也很短，一般人发现不了。李昌祉做完这件事后，特意检查了一下，觉得没有什么问题了，这才转身离去。

按照李昌祉的说法，凡是打入敌人内部的地下工作者，如同身在雷区，尽管你不知道什么时候有可能踩响一颗地雷，但你却可以尽力避免这种时刻到来。而避免的最有效的方法之一，就是小心、小心，再小心。他懂得，往往一个小小的闪失，就会铸成大大的过错。且这种过错是致命的，付出的将是血的惨重代价！因此，李昌祉始终保持着高度的警惕性，他觉得自己只有在心里紧绷着一根弦，整个人才会如鱼得水，生活在一种较好的状态之中。

现在的李昌祉就很在状态。今晚，他换了一身深色便装，把礼帽的帽檐朝下拉了拉，恰到好处地将眼睛藏在了暗处，然后沿着一条小街，悄然融入了夜色之中。

李昌祉是去与他的上线接头的。

按照党组织地下工作的纪律规定，他与上线之间属于单线联系，即李昌祉只知道他的上线代号叫作“蓝芳小姐”，至于他的上线的上线是谁，他不仅不知道，也不想知道。

今天早晨，李昌祉像往常那样去上班，当他走到小街的第一个十字路口时，发现路旁的电线杆上，在事先约定好的位置，有人做了一个记号。

在这里不妨说一下，由于时间久远，我在所查找的大量历史资料中，无法获知那天那人所做记号的形状。事后，经猜测，我想大约不外乎是用白石灰涂抹的三道横杠或者三角形，或圆圈中间加点等等标记吧。总之，那记号不大，看上去毫不起眼，似乎是某个顽童所为，却十分醒目。所以李昌祉经过时，一眼就看到它了。李昌祉知道，那是“蓝芳小姐”向他发出的暗语，即“蓝芳小姐”让他晚上某时到某地接头。

以往，若没有特殊情况，李昌祉与“蓝芳小姐”都会定期碰头，现在“蓝芳小姐”突然向李昌祉发出了要求见面的信号，可见情况紧急，否则，一向沉稳的他的上线不会这么做。那么，遇到什么情况了呢？李昌祉仔细想了想，也没想出眉目来。不过，李昌祉意识到肯定发生了什么事，否则“蓝芳小姐”不会用这种特殊方式与他进行联系。

出于安全方面的考虑，李昌祉并没有直接前往接头地点，而是特地留出时间，在街上故意兜了几圈，目的在于看一看有没有人跟踪。李昌祉觉得，越是在非常态的情况下接头，越是要小心谨慎。

李昌祉在一条不起眼的小街上不紧不慢地走着。昏暗的路灯，一会儿把他的身影扯到前方，一会儿又把他的影子甩到了身后……

早在做地下工作之前，李昌祉曾经系统地学习过跟踪与反跟踪技术。

那是 1926 年。在广州。李昌祉作为宪兵教练所第二期学兵，接受过严格的学习与训练。当时的宪兵教练所又名警察训练所，校址就在 1903 年建立的广东第一间警局所在地——小北门外的飞来庙。

既然宪兵教练所的别称与警察有关，在学习期间，跟踪与反跟踪就成了李昌祉的必修课。那时候他的大队长名叫刘嘉树，是位严格的教官。他给李昌祉等学兵讲解侦探学中的跟踪理论，并组织他们一对一地进行严格训练。

现在看来，当时跟踪课程讲述的内容，归纳起来，不外乎以下几点：

1. 熟记对方的一切特征，不能把人看丢。

2. 突然被对方看到或被他问话，不可流露出慌张的表情。

3. 对方进入一幢建筑物后，要立刻察看是否有后门或密道。

4. 在不得已走在对方前面时，可借助小型镜子等物监视对方。

5. 备有简易的易容工具，例如墨镜、带檐的帽子等。

6. 对方突然搭乘汽车逃走时，要记下车辆号码。

7. 尽量善用建筑物、路上的招牌、电线杆来躲避对方的视线。

8. 监视时，自己的眼光不要过于注视对方，只要对方在自己的视线范围内即可。

9. 万一对方和某人会面，要用尽一切手段记住某人的长相及着装。

……

而反跟踪技巧，从理论上讲，大致与跟踪拧着来即可。

李昌祉在学兵们中学习成绩一向优秀。那天教官讲完课后，当即布置作业，把学兵们带到了热闹繁华的市区，然后让其中一位学兵跟踪李昌祉。

李昌祉在前面走，那个学兵与他保持一段距离，紧随其后。

走着走着，李昌祉突然拐进了一间店铺。

跟踪者似乎早有所料，他走到店铺的门口伸头看了看，然后很快绕到后门，继续跟上了目标。

李昌祉见对方没有中招，接下来，他故意与路边卖香烟的人搭讪，离去时，故作神秘地把一个事先准备好的纸团扔在卖香烟者的小摊上。

跟踪者见状，疑惑片刻，怀疑李昌祉扔下的纸团是完成教官布置的作业的关键环节，结果中计了。趁跟踪者注意力分散，转眼之间，李昌祉便消失得无影无踪……

课后讲评，教官在队列前，当着全体学兵的面，特地表扬了李昌祉。

当然，这已是后话了。

现在的李昌祉，经过仔细观察，没发现有人跟踪，便开始小心翼翼地向接头地点一步步接近。

刚才既然说到了 1926 年的广州宪兵教练所，那么，我有必要在这里把李昌祉考入训练所的来龙去脉做个简单介绍。

想必大家都知道开国上将、中国人民解放军军事学院院长萧克，他不仅与李昌祉同是湖南嘉禾县人，还是县立甲种讲习师范学校的学生。那时候，萧克是学校学生会“共学社”的总务部长。1981 年 3 月 18 日，据嘉禾县史志办的同志与李昌祉侄子李志水、李志成谈话记录中记载：“在甲师时，萧克曾在我家住过半个多月。”可见萧克与他家的关系很好，与李昌祉的关系亦非同一般。

1925 年的冬天，李昌祉经共产党员黄益善的介绍，加入了共产主义青年团。入团后不久，萧克找到李昌祉，说广州办了个黄埔军校，专门培养革命人才，好多人都去报名了。

萧克早先名叫萧克忠，后来参加湘南起义时才改为现在这个名字。 所以，当时李昌祉听了很兴奋，说：“克忠，你从哪里听到这个消息，太好了！ 我们约几个同学，一起去吧！”

年轻人，有理想，有抱负，有革命的如火激情。 于是，由萧克领头，李昌祉等几个同学说走就走。

要知道，20 世纪 20 年代的中国，交通不发达，从湖南嘉禾至广东韶关，行程约二百千米，其间，既没有如今的高铁、动车，也没有四通八达的高速公路。 这样一来，李昌祉等人是迈开双腿走着去的。 当时他们从家乡出发，徒步走到广东韶关，然后才乘坐火车抵达广州。

很多年后，萧克回忆说：“1926 年 1 月去广州投考黄埔军校第四期，因路上耽搁，误了考期，就考入军事委员会宪兵教练所。”

实际上，萧克等人虽然上的是宪兵教练所二期，但黄埔四期的门槛却没有封死，北伐开始前，宪兵教练所和其他在广州的军校并入黄埔军校。 以宪兵教练所为基础成立的宪兵科，学生同作四期生，校长是蒋介石，所长为杭毅。

所以，就有了我们后来看到的在延安拍摄的“黄埔军校同学会”的那张著名的照片。 在那张照片上，萧克排在徐向前之后，位列第二，第三位是林彪。

萧克和林彪，同属黄埔军校四期生。

还有一种说法，李昌祉没有随同萧克去广州，而是和另一位名叫王鹏的同学一起去的。 那是 1926 年 5 月的一天，李昌祉与王鹏考入宪兵教练所，并在那里见到了同乡同学萧克、李昌祯等人。

这种说法源于湖南嘉禾县史志办提供给我的资料《李昌祉传略（初稿）》。

与这种说法相一致的是，1981 年 7 月，由彭水声、何绍棠在北京根据录音整理的《萧克同志介绍李昌祉的情况》中，萧克说：“我在广州的时候，他也来了。”这个“他”，指的是李昌祉。 由此可见，李昌祉赴广州，并没有与萧克同行。

说到这里，尽管上述的两种说法各不相同，但有一点可以肯定，即在 1926 年的春天，李昌祉前往广州了。 由于当时的条件有限，他只能是步行前往。 从湖南嘉禾到广州，不仅路程遥远，且不大好走。 其间，南岭山脉与罗霄山脉交错，长江水系与珠江水系分流，也就是说，他既要翻山越岭，又要涉水过河，可想漫漫旅途，一路上多么艰难了。抵达广州后，李昌祉顺利考入宪兵教练所，并在那里完成了学业，成功地由一介书生就地转身，成了一名合格的军人。

扯得远了一些，现在回过头来接着说一说那天晚上，在夜色中行走的李昌祉，是如何与他的上线“蓝芳小姐”接头的。

其实，李昌祉与“蓝芳小姐”上下线关系的建立，时间并不长，他们是从 1930 年夏天开始的。 也就是说，其间满打满算，不足一年。

1930 年 6 月 11 日，中共中央政治局在上海召开会议。 会上，李立三主持并通过了由他起草的《新的革命高潮与一省或几省的首先胜利》的决议案。 这个决议案，错误地估计了中国革命的形势，无视现实，把原本的革命低潮，说成是“革命高潮现已经到来”；把应该采取“隐蔽斗争，积蓄力量”的策略，变成了“与敌人硬拼，攻打大城市”，并于“一省或几省首先胜利，进而建立全国革命政权”。 在这种情况下，上级党组织把李昌祉派到南京，要他利用熟人关系打入国民党高级军事机关内部，陆续建立组织，准备实施暴动。 李昌祉虽然心存疑虑，认为仅凭潜伏在敌军内部的为数不多的中共党员，要想获得暴动的成功，概率实在太低，但他还是坚决服从命令，抵达南京后，与上级指定的人进行了接头。

那个接头人，就是“蓝芳小姐”。

那天，李昌祉和眼下一样，身着便装，于初降的暮色中，右手拿着一张事先约定好，卷成筒状，作为联络暗号的报纸，朝着湖南旅京会馆走去。

早年，各地会馆大多集中在南京水西门内的朝天宫一带。那里至今仍保存着江南现存规模最大、最完好的古建筑群。湖南旅京会馆坐落其中。别看它隐身在一条小巷子里，进入大门，可见绿荫长廊、楼阁亭榭，真可谓别有洞天。

当时李昌祉是在会馆内的一座老戏台旁见到“蓝芳小姐”的。李昌祉见对方是个身着宪兵服装、佩戴上尉军衔的男人，丝毫不感到奇怪，他知道，“蓝芳小姐”仅仅是一个代号，与性别无关。

“你是从上海来的周先生吧？”“蓝芳小姐”说。

“不，我姓李，表弟姓周。我来看我的表妹蓝芳小姐。”李昌祉说。

“她今晚有事，来不了了，特地派我来接你。”“蓝芳小姐”说。

“好吧，那我们走吧。”李昌祉说着，把手中的报纸递了过去……

接上头之后，这位个子不高，皮肤较黑，两眼炯炯有神，说起话来带有湖北口音的“蓝芳小姐”便走进李昌祉的内心，再也忘不掉了。

现在李昌祉正走在一条并不繁华也不冷清的小街上。这样的小街，在南京4月的晚上平平常常，几乎随处可见，一点都不惹眼。

李昌祉有意走到一家店铺前，装作挑选商品的样子，实际上是在利用一块窗上的玻璃的反射，观察身后是否有人跟踪。还好，没有“尾巴”。李昌祉的嘴角露出了一丝不易察觉的微笑，然后他不慌不忙地离开了店铺，沿着小街，继续向前走去。

接头地点到了，那里有一个卖馄饨的小摊子。李昌祉看见他要见的那个人正坐在离小摊子不远的一张小板凳上，手里端着一碗馄饨，很是悠闲的样子，不紧不慢地吃着。

20世纪30年代初的南京，每到晚上，昏暗的路灯下，街头时常可以见到这样卖馄饨的小摊子。一般情况下，卖馄饨者，总是用一根扁担，一头挑着煤火炉子，一头挑着做馄饨的小型案台以及几张木制的简易小板凳，沿街边敲梆子，边吆喝“馄饨，馄饨，卖馄饨来……”招揽生意。他们每个人都有相对固定的“地盘”，待在街上走了几圈后，走到该停下来的那个地方，就地摆摊。

李昌祉走到摊位前，对着正在包馄饨、脸膛被炉火映红的卖家说，来一碗馄饨，多加芫荽。

“好嘞——”卖馄饨的那个人夸张地甩着地地道道老南京城南一带的腔调，一边吆喝，一边开始下馄饨。

李昌祉用余光扫了一眼不远处坐在小板凳上吃馄饨的“蓝芳小姐”。对方会意，朝他使了个不易觉察的眼色。

接下来，李昌祉端着一碗下好的、热气腾腾的馄饨，很是随意地坐在了“蓝芳小姐”的旁边。

“蓝芳小姐”目光仍旧落在碗里，他边吃边小声地说：“上海出了叛徒，至于对南京造成多大的影响，目前尚不好评估。上级要求我们静观其变，保持静默，若有危险，随即撤离。”

“蓝芳小姐”在说这话的时候，其实并不知道上海出的叛徒是顾顺章。也就是说，当时信息渠道有限，再加上情况紧急，上级只告诉了他这些。现在他把上级的指示传达给李昌祉，并约定，两个人近期内不再接头。

李昌祉意识到情况的严重性。自从来到南京，打入敌人内部，李昌祉先后建立了七个地下党的党支部。他觉得面对险情，切莫慌乱，稳住阵脚；与此同时，务必做好撤离的预案，毕竟事关重大。

传达了上级的指示后，“蓝芳小姐”先走了；接着，李昌祉也离开了馄饨摊。

此时，夜色越来越浓了。

4. 倒春寒

1931年4月27日，由全副武装、荷枪实弹的宪兵押送，乘坐小火轮抵达南京下关码头的顾顺章，在路过中央路305号时，原本踌躇满志的好心情被突然发生的一件事搅得气急败坏、六神不安。当时，顾顺章看到这个非同寻常的门牌号码，就知道院内是大名鼎鼎的国民党中央调查科科长徐恩曾的秘密办公处。由此，他条件反射地想到了一个人，一个潜伏在徐恩曾身边的共产党人钱壮飞。于是，急于表功的叛徒顾顺章立即对押送他的武汉调查科负责人蔡孟坚说：“快，快把徐先生的机要秘书钱壮飞抓起来，他是共产党！”蔡孟坚大惊失色。当蔡孟坚停车派手下的人捉拿钱壮飞时，钱壮飞早已不知去向。

钱壮飞的失踪，对顾顺章来说是一个沉重的打击。他知道大事不好，泄密了。钱壮飞的离去，意味着消息走漏；而消息一旦走漏，也就意味着上海的共产党中央机关瞬间消失，如同在空气中蒸发一般，一点痕迹也不会留下。作为曾经是这个组织里的领导人之一，顾顺章深知这个组织具有的特殊能力与本领。甚至，他闭上眼睛，还可以想象得出，周恩来等人是怎样沉着冷静，有条不紊地指挥所有人员迅速撤离的。后来，当他随同调查科特务头子徐恩曾打了鸡血般亢奋地扑向上海时，原先顾顺章所熟悉的中共地下组织的秘密机关早已人走屋空，竟连一页有文字的纸片都未能留下！

作为一名叛徒，一名反水后急于表功的原中共地下组织机关的负责人，顾顺章意识到，在上海的一无所获，将会使他的价值大打折扣，这对他的处境十分不利。

事后，果不其然，就连顾顺章自己都觉得灰头土脸，抬不起头来。记得在武汉被捕时，顾顺章曾傲气地对蔡孟坚说，立即送他去南京，要见蒋介石。言外之意，他的级别高，是中共政治局候补委员、中共中央特科负责人，即使投诚，有话要说，也要与地位高的人说。那时候，他是多么地牛气啊！然而，时过境迁，仅仅几天一过，顾顺章说话的语气就变了，变得不那么盛气凌人了。他小声地对蔡孟坚说，他希望有个机会，见见蒋先生。

此时的顾顺章，想把晋见蒋介石当作自己今后赖以生存的一个筹码。

蒋介石得知顾顺章叛变，是陈立夫告诉他的。陈立夫不仅担任过蒋介石的机要秘书，还是当时国民党的秘书长，更重要的是，调查科是由他一手组建的。因此，陈立夫在第一时间获知顾顺章被抓，也就顺理成章了。

那是1931年4月下旬的一天，蒋介石正站在一幅巨大的地图前苦思冥想进攻红军的作战计划，陈立夫匆匆赶来，满脸喜色地告诉他："抓到顾顺章了！"

蒋介石愣了一下，然后对陈立夫说："不会吧，有没有搞错啊？"在蒋介石看来，顾顺章怎么可能被他的手下人轻而易举就抓住了呢？蒋介石在上海曾跟顾顺章打过交道，据说顾顺章很有本事，会使双枪，徒手杀人不留任何痕迹；还会变戏法、催眠术；化装技术特别高明，仅用一副假牙往嘴上一套，整个人就变了模样……这样的一个神奇人物，抓住他，谈何容易？！

陈立夫肯定地说："的确抓到了。"

蒋介石吩咐陈立夫："顾顺章现在哪里？此人狡猾，要重兵监禁，严防逃跑。"

陈立夫说："正在押解途中。他非要见你不可。"

蒋介石皱了皱眉头，不悦地说："这么一个共党的自首分子，见我恐怕不合适吧？"

陈立夫劝道："他虽为阶下囚，可毕竟是中共重要人物之一，只要他归顺，对于中共地下机关而言可谓灭顶之灾。所以，总司令还是礼节性地见上一面，其余的事宜由我们来做。"

蒋介石想了想，点头答应了。

蔡孟坚偕同顾顺章前往蒋介石官邸。路上，蔡孟坚一再提醒顾顺章："你可要准备好了，见到总司令，务必拿出对付共党的真知灼见！"

顾顺章见未能如愿以偿地破获中共中央地下组织机关，心里懊恼，便显得有些不大耐烦。他对蔡孟坚说：“有提前准备的必要吗？”蔡孟坚说：“你觉得呢？这对你很重要呢！”顾顺章不吭声了。接着，蔡孟坚又说：“你不妨说说，见到蒋总司令准备说些什么？”顾顺章想了想，说了以下要点：

1. 把共产党变为合法政党；

2. 共产党交出军队，分散插编于中央各军，若取消其武力，自然天下太平。

若干年后，蔡孟坚在他的回忆录里如实地记下了顾顺章当时所说的这两个要点，并附言，说顾顺章拟建立“新的中国共产党”。蔡孟坚认为，顾顺章之死，与拟建新党不无关系，以至于徐恩曾认为顾顺章不可留用，便于1935年5月在苏州将其秘密处决。

当然，这是后话了。

接着说蔡孟坚陪同顾顺章来到位于黄埔路的蒋介石官邸。

此时，陈立夫和张道藩已在会客厅等候。

见人到齐了，蒋介石才出来。

蒋介石身穿一袭长衫，面带微笑。顾顺章以为这是蒋介石对他的友好表示。谁知，蒋介石的微笑是冲着站在他身边的蔡孟坚来的。蒋介石在离顾顺章很近的地方拐了一下，来到蔡孟坚的面前，然后伸出手，与蔡孟坚握了握，说：“你很努力，甚好、甚好！”

蒋介石此举，让顾顺章大为不悦，他心想，这是什么意思嘛。蔡孟坚算什么，我才是这次会见的主要人物。但是想归想，顾顺章表面上仍旧风和日丽、波平浪静。的确，事前蔡孟坚说得对，蒋介石的这次会见，对他顾顺章来说非常重要。因此，他要抓住这个机会，千万不能为一点小小的情绪而因小失大。

与蒋介石握过手，蔡孟坚把站在他身边显得有些尴尬的顾顺章介绍给蒋介石。

蔡孟坚说：“这位就是向我方归顺的顾先生。”

闻言，顾顺章顺势上前一步，欲和蒋介石握手，被蒋介石拒绝了。蒋介石拒绝得很艺术，他假装没有看见，把手颇为优雅地背到了身后。也就是说，顾顺章热脸贴到了冷屁股上，自讨了个没趣。

这时候顾顺章心里是什么感受，尚且不知，但我们完全可以想象，蒋介石对他的态度，让他十分难堪。原本作为一名降将，就低人一等，很没有脸面；等到好不容易争取到与蒋介石会见，对方竟然连手都懒得和他握，这说明什么？说明蒋介石看不起他，根本就没把他顾顺章当作一回事！

然而，更让顾顺章懊恼的是，把手背到身后的蒋介石，用他那抑扬顿挫的浙江官话，对顾顺章说了一句："你归顺中央，很好，很好。以后一切听蔡同志安排，为国效力。"说完，蒋介石转身就往外走。

至此，会见已近尾声。让顾顺章完全没有想到的是，蒋介石和他的见面，时间竟然会如此短暂，与其说是蒋介石会见，不如说是蒋介石仅仅是和他打了个招呼，要他听从安排，为党国效力！这般无情与冷落，让顾顺章大为沮丧，自尊心深受重创的他不由得愣在那里，好一阵子也没有缓过神来。

此时，走到门口的蒋介石停了下来，头也不回地对蔡孟坚说："你先送顾先生走，过后回来一趟，我有事要对你说。"

顾顺章听了，心想，蒋介石要对蔡孟坚说什么呢？肯定说的事与他有关。

的确，送走顾顺章后，蔡孟坚返回会客厅。蒋介石问他："顾顺章有什么想法？"蔡孟坚就把顾顺章在车里想对蒋介石说的那两点内容说了。蒋介石听了，不屑一顾地说："顾已成为反共自首叛徒，还有什么影响力！你仍利用顾相机指导运用，随时向我报告。"

蔡孟坚立正，毕恭毕敬地答道："是！"

顾顺章感觉到自己大有被戏弄的意味，怎么说自己也是有身份的人，他蒋介石说是会见，可是仅仅照了个面就走了，走得不清不楚，这让顾顺章特别恼火。

然而，恼火归恼火，却又不能宣泄，谁让你归降了人家呢？ 人家不把你当一回事，你又能如何？ 毕竟寄人篱下，顾顺章只能忍住内心的憋屈，从生存出发，实实在在地去考虑今后的日子该怎么过。

这么一想，顾顺章的火气自然而然消了许多，他觉得当务之急，是要拿出“真金白银”，以此向对方证明自己的价值。

前面我曾说过，顾顺章不乏小聪明，再加上他是中共上海特委领导人之一，特委下设的特科也由他牵头。 毫不夸张地说，当时的周恩来掌握了多少机密，顾顺章就掌握了多少。 因此，当顾顺章想到要抛出“真金白银”来为自己的前途打点时，他几乎不费吹灰之力就想到了一个人，这个人就是恽代英!

恽代英原籍江苏省武进县（今江苏常州），生于武昌。 早年毕业于武昌中华大学文学系。 五四运动时，作为学生运动的领导者之一，他深入湖北黄冈农村，宣传发动群众。 1915 年参加新文化运动，在《东方杂志》《新青年》上撰文，提倡科学与民主，批判封建文化。1921 年中国共产党成立后，他随即加入中国共产党。 1923 年被选为中国共产主义青年团中央执行委员，任宣传部长兼《中国青年》主编。第一次国共合作建立后，他和毛泽东、邓中夏、向警予等参加了国民党上海执行部的领导工作，编辑《新建设》月刊，宣传共产党原则立场，批驳国民党右派的种种谬论。“中山舰事件”后，为加强黄埔军校的中共领导，受党组织派遣，恽代英任黄埔军校政治总教官。 1927 年在中国共产党第五次全国代表大会上，他当选为中央委员。 同年，他先后参加了南昌起义和广州起义。 1928 年后，在党中央宣传部工作。1930 年在上海被捕，被关押在南京江东门外“中央军人监狱”，化名为王作林。

顾顺章深知恽代英是中共的一个重要人物，此时把他供出来，无疑会得到国民党方面的赏识。 于是，顾顺章迫不及待地对蔡孟坚说：“共产党制度，高级中委每年须参加基层活动。 恽代英是共产党高干，他化名王作林，在上海杨树浦韬朋路附近的老怡和纱厂门前与他人接头时，被警察捕获，供称为不识字赤色群众，故发交你们的苏州反省院感化。我方花了几千元运动费，已准这几日移送南京总部军法处宣判释放，你可查明是否开释，恽是共产党重要人才！”

蔡孟坚闻言大喜，他知道恽代英是蒋介石十分痛恨的人。早在黄埔军校时，恽代英便被蒋介石认为是“黄埔四凶”之一。此后，调查科一直把恽代英作为重点搜捕对象。现在顾顺章供出了恽代英，并确认恽代英被关押在南京江东门外的“中央军人监狱”，经中共党组织的多方营救，即将被提前释放，于是他急忙将这个情况向蒋介石做了汇报。

蒋介石听说抓到了恽代英，有点不大相信，随即派军法司司长王震南到狱中进行核对。

当王震南拿着恽代英在黄埔军校时的照片来到监狱，确认王作林就是黄埔军校政治总教官、中共中央委员、中宣部秘书长、中组部秘书长恽代英时，蒋介石随后下令：立即就地处决！

1931 年 4 月 29 日中午 12 时，随着一声凄厉的枪声响起，恽代英在雨花台英勇就义，年仅三十六岁！

5. 鸡鹅巷 11 号

早在 1930 年，李昌祉受党组织的派遣，离开上海警备师，来到国民党南京高级军校，以该校新兵训练处少校大队长的身份为掩护，进行地下工作时，就看中了鸡鹅巷。

那一天，初到南京的李昌祉出于职业习惯，为了熟悉四周的环境，看上去很是随意地走一走，就走到了位于珠江路附近的鸡鹅巷。当时，他是从太平路、碑亭巷往西，沿长江路、肚带营往北，进入这条巷子的。

这条巷子乍一看，并没有什么特别之处。路面大多由鹅卵石铺设而成。东西长五六百米，宽却不超过五六米。南北朝向，挤满了低矮的砖木结构的平房。巷子两侧，仅有数得过来的几家二层小楼，显得鹤立鸡群。走进小巷，随处可见林立的店铺、穿梭的小贩，甚至是身穿旗袍、浓妆艳抹的摩登女郎；也可见到挎着竹篮买菜的妇女，赤膊帮工的汉子……总之，热闹繁华与市井的冗常、慵懒的烟火气息并存。但再往巷子深处去，给李昌祉的感觉就不一般了，他看到了三三两两身穿蓝衣布衫、头戴鸭舌帽，且帽檐压得很低的神秘男子，这几个人看似无所事事，实际上内心有一根弦绷得很紧，因为他们的眼神不大对劲，蛇一般直朝路人的身上乱窜。经验告诉李昌祉，有情况了。

果不其然，接下来李昌祉就看到鸡鹅巷53号紧闭的大门。从门缝里透出的肃穆森然以及缕缕寒气，引起了李昌祉的阵阵警觉。他心想，在这个据说南宋时就有的以鸡鸭鹅家禽集市而取名的鸡鹅巷里，怎么会有这样戒备森严的一幢米黄色的三层小楼？而这幢楼的神秘莫测，注定有着他人所不知的秘密！

这样想着，李昌祉就开始关注起鸡鹅巷53号了。

不久，经打听，李昌祉得知鸡鹅巷53号竟是军统前身复兴社总部所在地！

得知这个情况后，李昌祉立即萌生了一个想法，他要在这个巷子里租房子，组织沙龙，并以此作为掩护，积极开展活动，从中获取情报。

很快，李昌祉租下了鸡鹅巷11号内的一套公寓。那套公寓位于一栋二层小楼内，从外表上看，既不显山，也不露水。

有了活动的场所，接下来李昌祉按照他的计划，隔三岔五在鸡鹅巷11号组织起沙龙式的聚会。这种聚会，没有固定的形式，可以三人五人，也可以十人八人；其中有自己内部的人，也可以是不同身份者。李昌祉的目的，是通过类似的聚会，建立一个有利于获取情报的平台。这样一来，他的耳朵就可以听到各种平常不轻易听到的声音，他的手臂就可以借助某种方式不断地向他认为需要的地方延伸。

最初应邀来鸡鹅巷 11 号聚会的，都是李昌祉在南京的同乡和熟人，他们分别是内政部的何次韩，报界名人雷啸琴、雷季辑，宪兵大队长的同宗李振唐，蒋介石的侍从官邓德懋，警察厅的王鹏，某师的副团长萧洪等。仅从这份名单上看，就知道李昌祉在人员的选择上是下了一番功夫的。这些人的到来，不经意间也把来自各个方面的信息带了过来。于是，他们聚在一起喝酒、打牌、聊天……玩着玩着，就彻底地放松了，把对方当成了自己人，嘴巴不设防，话语间即使泄漏了一些紧要的话，也没把它当作一回事。

后来，这些人自然而然地把自己的一些好朋友带到这个圈子里来，这样的情景有点像眼下玩手机的人建立的各种群，你拉一个来，他拉一个来，群里的人渐渐就多了起来；人多了，群里也就热闹了。从此，鸡鹅巷 11 号成了李昌祉的情报中心，以至于后来他获取的许多重要信息都源于此。

说到这里，也许你会觉得不可信，或者最起码叙述中有着明显的漏洞：既然那些来鸡鹅巷 11 号聚会的人都是有档次、有身份、有地位、有见识的人，他们怎么可能仅仅是为了吃吃喝喝、打牌聊天就经常性地聚到一起了呢？ 难道鸡鹅巷 11 号就这么有凝聚力和吸引力？

问题提得好！

实际上，这正是我接下来想要说的。当时，鸡鹅巷 11 号之所以能经常性地聚集起一些人，并让他们热衷于这样的聚会，与李昌祉的个人魅力不无关系。

李昌祉为人豁达，性格开朗，言谈举止风流倜傥。尤其是诗书琴画，样样在行。

你若是喜欢家乡嘉禾的花灯戏，李昌祉不仅能够跟你侃花灯戏的由来，侃东汉以来花灯戏的发展全过程，还可以侃曲调的特色。当然，唱花灯戏是李昌祉的一绝。由于花灯戏角色不多，一人可代多角，李昌祉演唱起来角色转换，进出自如。他演丑角，边唱边表演矮子步，即双膝微并，两脚内侧着地；上身则挺直，怀里像抱着娃娃，步履十分沉稳。他演丑旦角，两手叉腰，扭腰幅度大，手拿烟杆或蒲扇，出左脚右手指出，出右脚左手指出，还拍屁股跺脚，一副活脱脱的泼妇相……加上花灯戏的曲子多是土生土长的民间小调，方言入戏，朗朗上口，好听而又亲切，很受大家的喜爱。

你若是喜欢古代诗词，李昌祉可以跟你聊《诗经》的诗篇种类“风、雅、颂”，聊表现手法“赋、比、兴”；聊刘勰的《文心雕龙》，或是李白、杜甫的诗歌各有什么特色，或是军人们所喜爱的边塞诗。你要是想玩对诗的游戏，李昌祉可以陪你玩个够。比如你背杜牧《赤壁》的上句“折戟沉沙铁未销，自将磨洗认前朝”，他可以随口就来“东风不与周郎便，铜雀春深锁二乔”。你说杜甫的《春望》“国破山河在，城春草木深”，他即对出“感时花溅泪，恨别鸟惊心”。总之，李昌祉饱读诗书，记忆过人。但他的高明之处在于，他从不显摆，让对方难堪。他和别人能玩到一起，且让人玩得开心。

这样一来，大家都喜欢和李昌祉一起聚。其间，偶尔有谁出差，三五天未见面，就会想得慌。李昌祉要的，就是这样的一种效果。

1931年4月末的这天晚上，李昌祉和同乡及好友们照例在鸡鹅巷11号聚会，只不过这伙人中的王鹏来得比平时晚了许多。以往，王鹏总是早早就来了，这个人大大咧咧，人还没进门，就能听到他喳喳呼呼的说话声音。对于一个爱说爱笑爱热闹的人，偶尔一回没有提前到场，大家就觉得缺少了一点什么，于是有人问：“王鹏这小子忙什么了？怎么忙得连喝酒聊天都顾不上了？”

邓德懋听了就笑，这种笑若套用当下语言来说，就是那种“坏坏的笑”。

正因为邓德懋的笑不是一般的笑，而是笑得很有内容，便有人问：“你笑什么？”

邓德懋继续笑了笑，才说："这几天来事了，王鹏这小子不忙才怪呢！"

这就是话里有话了。邓德懋的身份是蒋介石的侍从官，也就是说，他离信息中心最近，得到的信息也最具权威性和真实性。于是，对于喝了一些酒，正赶上没话找话说的在座的几个人来说就有了话题。

这个说，老邓，你说说，怎么回事？

那个说，有什么消息？给兄弟们透露透露。

邓德懋就很得意，别看他是蒋介石身边的人，但仅仅属于侍从官，整天围着蒋介石转；现在他有了别人围着他转的感觉，便觉得十分受用。

邓德懋说："你们不知道了吧？武汉的蔡孟坚运气好，抓住了中共的一个名叫顾顺章的高官，这家伙被逮着时，正在舞台上变戏法呢！"

大家听了就笑，说还有这回事，他变戏法的手法不高明，怎么没把自己给变没有了，便宜了蔡孟坚。

邓德懋说："谁说不是呢。"

邓德懋接着说："那个姓顾的被捕后很快叛变，供出了上海中共中央机关的秘密住址……可惜，消息走漏，没抓到人，都跑了。"

有人问："这跟王鹏有什么关系？"

邓德懋说："别急，接下来就说到王鹏了。"随后，邓德懋故弄玄虚地压低了声音说："你想啊，中共的那个降将顾顺章见没抓到人，这还得了，往后日子怎么过啊？于是急急忙忙抛出一个人来，这个人名叫恽代英，也是中共的一个大官呢！这不，蒋总司令下令，就地正法。王鹏是警察厅的人，你说他能不忙吗？"

正说着，王鹏姗姗来迟，人还在门外，就听他嚷嚷："抱歉抱歉，兄弟近日公务繁忙，让大家久等了。罚酒、罚酒……"

接下来，大家就喝酒，继续聊天。

在这种情况下，李昌祉一般不多话，他的注意力集中在听上。当他听到顾顺章叛变，恽代英被杀，立即意识到形势的严峻与险恶。

至于顾顺章叛变对党组织危害到什么程度，李昌祉尚且不知。

在当时，具有历史局限性的李昌祉不可能知道后来调查科特务头子徐恩曾在他的回忆录里说过这样的话。徐恩曾说："顾顺章成为我的下属之后，我们在全国各地地下战斗的战绩突然辉煌起来，尤其在破获很多大城市的中共地下组织的过程中顾顺章的作用很大。"徐恩曾还说："顾顺章好像一部活动的字典，我们每逢发生疑难之处，只要请助于他，无不迎刃而解。在很短的时间内，中共在许多城市中的组织都遭到破坏，有些组织长期不能恢复。顾顺章还组织过特务训练班，并编写过有关特务工作的书籍。"

李昌祉也不可能知道顾顺章叛变革命后，在江西中央苏区的毛泽东以中华苏维埃共和国临时中央政府主席的名义亲自签发了一份《苏维埃临时中央政府人民委员会通缉令——为通缉革命叛徒顾顺章事》的通缉令。这个通缉令要求苏区各级政府、红军、赤卫队以及全国的工农群众一体缉拿叛徒顾顺章。通缉令上说，在"苏区"如果有人遇到顾顺章，应当把他交给革命法庭；如果在"白区"遇到了顾顺章，每一个战士和工农都有责任将他"扑灭"……这份特殊的通缉令可以说是对顾顺章下达了"格杀勿论"的命令。纵观中共历史，由中央政府对一个叛徒发出这种"通缉令"，实属罕见！

那个时候的李昌祉能够做到的，只能是按照前几天与"蓝芳小姐"接头时，"蓝芳小姐"传达的上级让他"静观其变，保持静默。若有危险，随即撤离"的指示，警惕、警惕，再警惕；小心、小心，再小心！

第二章
谁是“周先生”

1. 绝密名单

1931年4月25日，时任中共中央政治局候补委员、中央特委三位领导之一，中央特科的主要责任人顾顺章在汉口被捕，随即叛变。当时，顾顺章为了表明自己的身价，在短时间内供出了中共在武汉的湘鄂边区特委、中央军委武汉交通站、湘鄂边区红二军团驻武汉机关等二十个秘密机关，致使中共在武汉的地下组织几乎无一幸免；他出卖了上海的中共中央机关，差一点致使白区的地下党遭到灭顶之灾；

他为了邀功，先后抛出了中共中央几个极其重要的负责人，如曾任黄埔军校总教官的恽代英、时任中共中央总书记的向忠发、时任中共广东省委书记的蔡和森等。

在顾顺章提供的中共地下组织的绝密名单中，有一个名叫“周先生”的人，引起了调查科特务头子徐恩曾的极大关注。

徐恩曾之所以重视“周先生”，一是因为“周先生”是一个代号。既然是代号，就说明它本身有着许许多多值得隐藏且不欲让外人知道的秘密。那么，到底是什么秘密呢？是一项重要的任务？一个事关未来的使命？一个绝密的行动计划？或是一个庞大的极富战斗力的地下组织？总之，“周先生”是一个谜，一个急需破解的谜！二是顾顺章明确交代“周先生”人在南京，这就让徐恩曾不敢掉以轻心。南京是党国的首都，别看位于大行宫的总统府庭院深深，紫金山下的几个行宫远离市区，那里几乎每天都有一双眼睛在望着全城的大街小巷呢，也就是说，他徐恩曾稍有不慎，一旦惹出了麻烦，就有可能直接捅天，以至于酿成大祸。因此，他不得不重视。

怎么办？

徐恩曾想起一个人来，这个人就是后来被国民党人称为“现代中国宪兵之父”的南京卫戍司令部司令谷正伦。调查科与卫戍司令部及后来的宪兵司令部的关系一直很好，徐恩曾觉得把查找“周先生”的差事交给谷正伦特别合适，且让他放心。

有必要在这里占用一点篇幅来介绍一下谷正伦。

谷正伦，字纪常，贵州安顺人。官至中将。在蒋介石统领的国军序列中，谷正伦纯属一个例外，因为他既非蒋介石的“门生”“故吏”，也不是蒋介石的同乡、好友，却深受重用，不仅担任南京宪兵司令长达十年之久，而且曾先后任过甘肃省和贵州省主席，做过蒋家王朝的“封疆大吏”。

这说明了什么？

说明了他非同一般。其中，谷正伦得到蒋介石赏识的才干和显赫“政绩”，是替国民党完善和训练了宪兵。早在1927年“宁汉合流”后，谷正伦就把北伐时期的宪兵营扩编为宪兵第一团，把他原来任师长时的一个基干团改编为宪兵第二团，又把原武汉宪兵团改为宪兵第三团，另外还成立了交通宪兵第二团。1929年，谷正伦以南京卫戍司令部的名义，设立了宪兵教练所，自兼所长。次年，他又向蒋介石提出成立宪兵司令部，充实宪兵教练所，扩建宪兵部队的建议，蒋介石很快批准了他的方案。1932年的年初，宪兵司令部正式成立，蒋介石委任谷正伦为宪兵司令，宪兵司令部下设总务、军需、警务、军医、军械、政训六个处。同年，谷正伦把宪兵教练所改称宪兵训练所，扩大规模，加强力量。1935年3月，谷正伦又把宪兵训练所改为宪兵学校，由蒋介石兼任校长，谷正伦任教育长。其间，他一面通过宪兵学校培训骨干，一面招考新兵。新兵训练期满后，即编成新的宪兵团，遣散原有的宪兵。1937年，谷正伦手下在编的宪兵团已达十一个；1940年他去甘肃任职前，宪兵团增至十九个。由此，谷正伦在国民党人士中赢得了“现代中国宪兵之父”的称誉。

其实，用“现代中国宪兵之父”来赞誉谷正伦，过于不实。据资料载，1924年，孙中山于广州就任中华民国非常大总统时，为警卫及纠察军纪需要，就建立了宪兵部队，为民国宪兵肇始。同年，黄埔陆军军官学校第二期创设宪兵科，开始培训宪兵军官。1925年，国民革命军以黄埔军校第三期部分学生及随军警卫学兵连混编，正式成立宪兵连。10月，蒋介石在广州成立宪兵训练所，并将宪兵连扩编为宪兵营。1927年，蒋介石在南京成立国民政府，仿国外军事政治警察之制，训练宪兵……可见南京国民政府的宪兵并非谷正伦首创，他只不过是在任期间完善了宪兵编制，把宪兵与警察、党务与特务、处常与备变一体化了，即宪兵团官兵只要穿上便衣，就可以进行特务活动；特务们只要穿上宪兵服装，就能够担负起宪兵的一切勤务职能。

若从这个意义上讲，调查科特务头子徐恩曾把顾顺章提供的中共地下组织绝密名单中的“周先生”转交给时任南京卫戍司令、后为首都宪兵司令的谷正伦查处，算是找对了人。

南京夫子庙为供奉祭祀孔子之地，是中国四大文庙之一，始建于东晋成帝司马衍咸康三年（337），宋景祐元年（1034）改建为孔庙。在六朝至明清时期，世家大族多聚于附近，故有“六朝金粉”之说。

在夫子庙的瞻园附近，有一幢风格与众不同的建筑，高大、黄色的围墙，黑色的屋顶，朱红色的大门，显得威严而又神秘。其门牌号为瞻园路126号。当年，这座宅院是原国民政府首都宪兵司令部（前身南京卫戍司令部）所在地，后沧桑巨变，几经变迁，现如今为航天部南京航天管理干部学院所用。

1931年5月初的一天，正在瞻园路126号办公的谷正伦接到徐恩曾的电话后，不久就拿到了调查科专人送来的密件。他打开信封，目光落在了“周先生”这三个字上。

谷正伦知道在偌大的南京城，要找到一个代号叫“周先生”的人，如同大海捞针，难度太大。但此时的谷正伦非常乐意去做这一件事。原因在于谷正伦正酝酿着要把南京卫戍司令部变更为首都宪兵司令部。对于谷正伦来说，这不仅仅是名称上的改变，更是功能的扭转、实力的壮大。一旦更名成功，显然他谷正伦就不是现在的谷正伦了，届时足以让上至蒋介石下至党国的同僚们刮目相看！

出于这一想法，谷正伦对于捉拿“周先生”的积极性空前高涨，他要尽快把理想中的宪兵与警察、党务与特务、处常与备变一体化付诸实施，让“政绩”说话，力促蒋介石下定决心，加快首都宪兵司令部设立的进程。

于是，谷正伦颇为兴奋地传唤副官，叫来了两个职能部门的负责人，当面下令，让他们进行全城地毯式搜查，多方寻找线索，哪怕挖地三尺，也要在短期内捕获“周先生”及其同伙！

仅凭一个代号，就要找到 “周先生”，着实让谷正伦手下的人头疼。 他们思来想去，脑细胞损耗了不少，也没想出一个高招来。

怎么办?

既然任务下达了，总不能不执行吧? 再说，执行时，闹得动静不大还不行，谷正伦会认为你执行不力；那么，索性玩大一些，漫天撒网，没准就能捕捉到那条想要捕捉到的鱼呢!

这样想来，谷正伦手下的人兵分两路：一路人马去党政机关，暗地里专查与周姓有关的人；另一路人马，按城区的主要干道划分，挨个设卡，轮番查寻，只要问及行人姓周，便严加盘问，若遇上看着不大“顺眼”者，立即抓走，关起来，然后再审。

在 1931 年 5 月初的某些天里，南京城被卫戍司令部的官兵们弄得不太平了，大街说不准什么时候就被拦起来，任何车辆不得通行；行人就更不用说了，一群群堵在那里，怨声载道，甚至骂街叫娘，乱哄哄的，糟糕透了。

起先，全副武装的搜查者每每问及路人姓什么，家住哪里，路人都小心翼翼地如实回答。 后来，人们见凡是说到自己姓周，都要遭到严查，并稍有不慎，大有关押的可能，便一个个学乖了，再遇到对方问姓什么时，即使明明姓周，打死也不说，随口胡说了个别的姓。 好在百家姓上姓氏多，赵钱孙李……你怎么说都行。 结果，渐渐地，被搜查的人里，姓周的越来越少，直至后来，索性就没有了，这让搜查者大有被戏弄的感觉。 于是乎，那些兵们性情变得暴躁起来，态度大不如前，和行人之间发生冲突的概率不断加大，一眼望去，混乱不堪……

到党政机关查找“周先生”的官兵，虽然与在街头盘查的同事相比，动静闹得不那么大，但境况并不好，主要是人家不愿意配合。 试想，你是去查共党的，要是在哪个机关里真的查出个把要查的人来，让那个机关的领导脸面往哪里搁? 再说，机关里的人都是有身份的，不比街上的普通老百姓，说句不好听的，你惹得起吗? 这样一来，搜查的进度显然就慢得多了。

然而，慢归慢，该查的还是要查。

李昌祉所在的高级军校也被查了。这种搜查较为平和，即来的人一点也不张扬，他们乘坐着一辆中吉普，开到军校的办公楼前，下车后很快溜进大楼，然后在军校有关部门的协助下，分别找了一些人进行盘查。

与李昌祉同在训练处的一个同事被来人叫去询问。大约二十分钟后，那个同事一脸不高兴地回到办公室，还没等大家问，他就嘟嘟囔囔忍不住地骂开了。大家都知道他骂的是谁，也就不吭声，由他骂。于是，那个同事像是得到了支持或是默许，越骂越来劲。他骂道："狗仗人势，都是什么玩意啊！我又没犯什么事，凭什么像审问犯人似的，审问起来没完没了？其实问的那些话，我的档案里不都有嘛，无非是哪一年在哪里任职，哪一年干了一些什么……调档看一看不就清楚了，何须脱裤子放屁——自找麻烦……"等他骂够了，李昌祉提着暖瓶，给他倒了一杯水，说消消气，好汉不吃眼前亏，不必跟那帮人计较！

后来李昌祉了解到，这一天，军校有不少人被来的人叫去询问，尽管问话的内容大同小异，没有什么新鲜之处，但有一个共同点，引起了李昌祉的注意，即大凡被盘问者，都姓周。也就是说，这些带着任务来的人，他们的目标，是在找一个姓周的人。如果这事搁在彼时，李昌祉也许对此不会那么敏感，可是此时却不同了，自从那天晚上他在鸡鹅巷11号听到邓德懋透露出的顾顺章叛变的信息后，有一根弦便在心里绷紧了。再加上来的人是为了搜寻姓周的人，这更让李昌祉警觉。

为什么？

我在后面自会解释，这里暂且不表。

搜查来搜查去，结果闹得雷声大，雨点却没落下多少，这让谷正伦很不满意。谷正伦把手下经办的那两个人叫到办公室，狠狠地骂了一顿。

谷正伦说："有你们这么干的吗？竟然想得出来在大街上设卡抓姓周的人，抓了两天了，人倒是抓了不少，监狱里都给你们关满了，可是'周先生'人呢，抓到了吗？！"

谷正伦又说："都是一些猪脑子！你们这么干，不是等于公开告诉'周先生'，我们是在抓他吗？那'周先生'还不早早躲起来了？"

谷正伦接着说："在大街上抓的那些老百姓赶紧给我放了。羊没吃到，反倒惹得一身膻。你们懂不懂啊，再这么干下去，哪天报纸上给捅出去，再来个学生上街请愿什么的，就不好收场了！"

在前面我曾说过，谷正伦虽然不是蒋介石的"嫡系"，却能够深受蒋介石的赏识，官至中将，自有他的能耐。

的确，谷正伦是个爱动脑筋，不断创造新的"政绩"的人。比如说，他在担任宪兵司令期间，在各宪兵团中建立警务室和"特高组"，在宪兵中实行特务统治，便是很狠的一招。比如说，他为侦防"匪情"，先后在宪兵团各团选调了百余名年龄较大的班长、排长，由警务处进行短期的业务训练后，派到各乡镇去任"助理员"。再比如说，他抓捕、囚禁过著名的共产党人陶铸、陈赓、何宝珍和田汉等，并先后在雨花台杀害了邓中夏、罗登贤、黄励、郭纲林、顾衡……因此，谷正伦不仅心狠手辣、老奸巨猾，而且有手段，有主见。这不，眼下他见手下无能，不得力，便绞尽脑汁，不惜面授机宜："你们都给我认真听着，下一步，务必内紧外松，把人都派出去，死死盯着可疑的人、可疑的地点，一旦发现线索，顺藤摸瓜，快刀斩乱麻，尽快抓获'周先生'！"

手下的那两个人听了，立正答道："是！"

2. 代号的由来

李昌祉正是谷正伦挖空心思、迫不及待想要捉拿的"周先生"！

在那个腥风血雨的年代，从事地下工作，尤其是打入敌人内部的特工，出于工作的需要，往往不止一个代号。有时候，一个任务结束，另一项工作开始；或是什么事情都没有发生，仅仅是出于小心谨慎，代号随时都会更换。这就像当下许多年轻人，每过一些日子，就要更换手机密码，为的是确保个人信息的安全。

从现有的资料上看，李昌祉在1928年末至1931年初，共用过两个代号，分别是“方平”和“周先生”。

先说说李昌祉的代号“方平”。

1926年春，李昌祉和一同报考黄埔军校的五十三名学兵，从国民革命军总司令部宪兵教练所二期并入黄埔四期后，经严格考核，很快毕业。其时，正值北伐战争揭开了序幕。具体地说，也就是1926年7月1日，国民政府军事委员会颁布北伐总动员令；7月9日，北伐誓师典礼在广州隆重举行。接下来，总兵力有十余万人的北伐大军先后从两广地区出发，剑锋直指直系军阀吴佩孚、孙传芳和奉系军阀张作霖、张宗昌。在讨伐大军中，黄埔毕业生李昌祉被分配到共产党员蒋先云率领的国民革命军第十一军第七十七团担任排长。他随部队攻长沙，克岳州，下武汉，饮马长江，一直打到河南。不幸的是，作为“黄埔三杰”之一的蒋先云，在河南临颍作战中身先士卒，策马飞奔，杀入敌阵时，因多处受伤，壮烈牺牲。接下来，宁汉合流，汪精卫背叛革命，“宁可枉杀一千，不可使一人漏网”，疯狂屠杀共产党人，李昌祉因此愤而退役，回到家乡嘉禾，参加当地的革命斗争。

对于李昌祉来说，1928年的秋天，是他一生中的一个重要时间节点，他的特工生涯由此开启。当时，他受江西东固根据地红军负责人李韶九和中央军委派往鄂东南工作的萧克之约，离开家乡，来到了南昌。

李韶九和萧克是李昌祉在嘉禾县甲种师范学校读书时的同学，虽然他们相互之间有些日子没见面了，但他和他们都知道彼此在做些什么。正因为这个原因，当党组织根据革命发展的需要，为物色打入国民党军队内部从事军运工作的人选时，李韶九和萧克不约而同地想到了李昌祉。这是他们对李昌祉的信任，也是对他能力的肯定。

约见的时间很短暂。

在南昌的一个中共地下交通站，李韶九和萧克分别向李昌祉交代了任务，然后把一封由江西省委开出的用暗语书写的介绍信交给他，让他到上海，向中共中央负责军事工作的曾中生报到。

曾中生与李昌祉不仅是同乡，又同是黄埔军校四期生，且一同参加过北伐。大革命失败后，曾中生远赴苏联莫斯科，进入中山大学学习。1928 年参加了中共在莫斯科召开的第六次全国代表大会。同年冬天回国，先后担任了中共中央军事部参谋科科长、中共南京市委书记、中共中央军事委员会委员、武装工农部部长等职。若干年后，具体地说，也就是 1989 年 11 月，曾中生被中央军委确定为军事家。他是共和国三十六位军事家中开始军事生涯较早的一位，也是军事论著最丰富的一位。

1928 年的冬天，曾中生见到了李昌祉，随后通过各种关系，把李昌祉安插进上海国民党警卫师，以黄埔四期生的资格，直接担任了该师的营长。

这时候的李昌祉，便有了“方平”的代号。据曾中生说，这个代号只供李昌祉与中央直接联络时使用。

与此同时，为了便于更加隐蔽地潜伏于敌营，李昌祉有意模糊和混淆自己以往的经历，更名为李艳华。

在 1928 年冬天的上海，李昌祉消失了，取而代之的是李艳华，或者是只有极少数人知道的“方平”。

接着说说李昌祉的另一个代号“周先生”。

从代号“方平”到“周先生”，其间过渡的时间不长，大约一年半。之所以更换代号，是因为工作需要。李昌祉在 1930 年的夏天，奉命辞去上海警卫师营长职务，只身来到南京，打入国民党高级军事机关内部，按照上级的计划，建立地下党组织，伺机实施城市的暴动。

现在看来，仅凭少数人潜入敌营，就以为能够竖起大旗，登高挥臂一呼，革命的力量便能短时间聚集，对敌人形成致命威胁，以便通过武装暴动，打碎旧的国家机器，建立新的政权，这几乎无异于白日做梦，是根本不可能完成的事。

可是在1930年的6月11日召开的党中央代表大会上，一项《新的革命高潮与一省或几省的首先胜利》的决议通过了。根据这项决议，中央要求仅有二十多名党员的国民党南京军事系统中的党组织也要积极响应党的号召，积蓄力量，尽快举行武装暴动。

为了贯彻党代会精神，党中央两个月后又在上海召开了一次会议，主题是研究和落实如何在一省或几省取得胜利的具体措施。李昌祉参加了这次会议。会上，李立三满怀激情地当场布置了十三个中心城市的暴动计划，其中就包括国民政府所在城市南京。

李昌祉视野开阔，早在嘉禾甲种师范学校读书时，就在老师的影响下，读过一些革命的进步书籍；再加上黄埔军校毕业，随后参加了北伐战争，实践告诉他，即使是一支数万人马、武器装备精良、训练有素的军队，要想夺取敌方占据已久的中心城市，亦绝非易事，何况眼下仅仅是靠着潜伏在敌营的几十个人、几十条枪呢？所以说，在李昌祉看来，采取这种方式获取暴动成功的概率微乎其微！

然而，这是党中央的决定，李昌祉只能保留意见，坚决服从。

1930年8月，上海会议后，为加强南京组织暴动的力量，中共中央任命军委负责人曾中生为特派员（后为南京市委书记），调往南京工作。

在前面我曾说过，曾中生是我军至今确认的共和国三十六位军事家之一，他在后来的革命战争实践中，撰写过诸如《与川军作战要点》《游击战争要诀》《与“剿赤军”作战要诀》等多篇军事著作，具有很大的影响力。因此，作为一位思维敏捷、理论水平非常高的军事家，曾中生当然知道在现有条件下，若在中心城市组织暴动会是一个什么样的结果，但他无法改变现实。他能够做到的，是积极完成党中央下达的任务，并尽可能在落实的过程中，努力减少革命的损失。

这样一来，由上海来到南京的李昌祉，便在曾中生的领导下，很快在国民党军队内部任职，进入了角色。

颇有意思的是，李昌祉从事地下工作后取得的两个代号，都与曾中生有关。前一个代号“方平”，用于上海；后一个代号“周先生”，用于南京。两个代号看似平常，却浓缩了李昌祉人生的两段历史。

有一个成语叫作“纲举目张”，其意为：“纲，渔网上的总绳；比喻事物的主干部分。目，网眼；比喻事物的从属部分。提起大绳子来，一个个网眼就都张开了。比喻抓住事物的关键，就可以带动其他环节。”

借用这个成语，我们若把李昌祉的两个代号比作纲，那么，举起这个“纲”，随之“目”张的，便是他的许许多多精彩的故事了。

时代造就了李昌祉，他是个有故事的人。

继续说说顾顺章是怎么知道“周先生”的。

在顾顺章的个人背景中，有两点与苏联有关：一是1925年“五卅运动”时，顾顺章曾担任苏联顾问鲍罗廷的卫士；二是1926年，顾顺章受党组织的选派，与陈赓一起赴苏联学习保卫。

之所以提及这些，其意在于当年大多数革命者对苏联充满了向往，对苏维埃政权充满了膜拜。顾顺章也不例外。因此，在这种前提下，李立三出现了。李立三先后于1925年底，与蔡和森等赴莫斯科出席共产国际第六次扩大执行委员会会议的赤色职工国际会议；于1928年6月，出席在莫斯科召开的中共第六次代表大会，并当选中央委员、政治局候补委员和政治局常委候补委员。到了1930年的夏天，因受共产国际“左”倾错误理论和反右倾斗争的影响，李立三对中国革命形势、性质和任务等问题提出一整套错误主张，他认为在实际工作中已不再需要逐步积聚和准备革命的主观力量，因为群众已经不要小干只要大干，也就是只要武装暴动，而且是全国性的武装暴动。他批评“以乡村包围城市”是一种“极错误的观念”“过去的游击战术”，因此“必须根本地改变过来”。在这种错误理念影响下，李立三要求全国各地马上组织起义。

顾顺章迷信苏联，热衷于“十月革命一声炮响，给我们送来了马克思主义”，因而对去过苏联的李立三提出的组织全国中心城市武装起义的冒险主义计划积极赞同，并坚信不疑。于是，1928 年的夏天，已是中央委员、中共中央特科负责人的顾顺章大力推进李立三的“左”倾错误计划。在这期间，他掌握了许多中心城市准备进行武装暴动的秘密情报，其中包括南京。

“周先生”就是中共地下组织在南京发动武装暴动的一枚杀伤力很强的棋子。身在高位的顾顺章把握大的方向，不参与具体的行动安排，所以他只知道这枚“棋子”的存在。现在，背叛革命的顾顺章为了活命，把“周先生”抛了出来。这样一来，“周先生”势必处境危险，命悬一线。

3. 蛛丝马迹

这一天，卫戍区的人再一次来到高级军校。他们这次来，没有像上次那样，目标明确，盘查姓周的人，只是和校方有关部门的负责人关起门来鬼鬼祟祟地说了一些什么，然后就走了。

此后，仅隔一天，他们又来了。仍是那几个人，仍旧乘坐着那辆中型吉普车。他们来得不动声色，走时悄然无声。

然而，即使他们的行踪再隐蔽，也没有逃脱李昌祉犀利的目光。李昌祉对外来的陌生人特别在意，只要他们进入他的视野，就会被锁定。在军校，李昌祉所在的职能部门是训练处。你想啊，专门对军校生进行训练的人平时都在哪里呢？当然会在操场上。操场宽敞，站在那里，一眼就能望得很远，这样一来，卫戍区的人来来往往，李昌祉都记在了心里。

李昌祉心想，他们再一次来，是干什么的呢？

显然，他们背后有明白人，不让他们再以愚蠢的方式，大张旗鼓地盘查姓周的人了。或者说，盘查姓周的人没有得到他们预想的结果。那么，他们下一步会怎么做呢？现代人的语境中常会有“换位思考”这个词，其实那时候的李昌祉就已经转换了视角，以敌方的思维来考虑问题。他觉得，敌人一定放弃了漫天撒网，采用以点带面的方式，把注意力集中在生活中的各种疑点上来。一想到这，李昌祉下意识地感觉到了对手的不同凡响。

自从获知顾顺章叛变，李昌祉便料到会有风云变化，他的处境将变得更加险恶。毕竟顾顺章是老牌子特工，身在高位，对潜伏人员的行动方式，包括心理状态，都非常熟悉。顾顺章投降敌方，无论怎么说，对中共地下组织而言都是极大的祸害！为此，李昌祉一再提醒自己，敌人三番五次地找上门来，说明他们对军校产生了质疑，那么，既然如此，他就要格外小心了。

李昌祉分析得对，卫戍区的人再次来到军校，是受背后一个明白人的指使。这个明白人，正是谷正伦。

这些天来，谷正伦并没有闲着，他用手下的人织了一张网撒了出去，就知道逮住“周先生”这条大鱼的概率虽然有，但并不是特别大。一方面，他对自己手下人的能力知根知底，知道他们会做什么，并知道他们做不了什么；另一方面，他意识到能够被顾顺章供出的“周先生”，绝对不是普通人。中共从事地下工作的人肯定很多，如果列上名单，能够排列很长很长，顾顺章不可能将其一一记住。他能够记住的，必是重任在肩，负有卓绝使命，或是身份特殊，或是特工中的特别优秀者。所以，常规的做法，只能对付平常的人；对付“周先生”，绝对要技高一筹。

那么，怎么才能在与对手的较量中，做到出手不凡呢？

这正是谷正伦再三思考的问题。

俗话说，“功夫不负有心人”。谷正伦把自己关在密室里两天，关出了成效。他出于离开大道走小路的思路，用排除法，把一般人都能够想到的做法搁置一边，然后去查档案，从中寻找线索。结果，很快，谷正伦就有了新的发现。

谷正伦的发现，涉及半年前的文绍珍案。

本来，文绍珍案已经结案，并且当时在办案的过程中，没有发现什么新的疑点。案子办完，按照程序，所有的材料归档，厚厚一大本卷宗，存进了档案室。现在，谷正伦之所以把档案重新找出来，是想从文绍珍身上找到与“周先生”的种种关联，当然，这仅仅是一种可能性。不过，对于谷正伦来说，所有的现实，都是由可能性而实现的。那么，在文绍珍的身上，怎么就不可能有“周先生”的蛛丝马迹呢?

能够引起谷正伦如此重视的文绍珍，究竟是什么人?

我查过资料，现存的有关文绍珍的文字内容不是很多，但凭借此，我们足以从中对他有较为全面的了解。

下面是文绍珍的基本情况：

文绍珍，男，汉族。生于1908年。湖南石门人。他曾用过其他两个名字，都是化名，名叫丹慈、王克成。1925年，文绍珍进入黄埔军校第四期学习。1926年加入中国共产党。同年7月，参加北伐，曾在国民革命军东路先遣军任过连队的指导员。四一二反革命政变后，他被安排在王根僧营中任连长，与中共中央军委直接保持秘密的联系。1929年，受中共中央军委的派遣，文绍珍来到南京高级军校做兵运工作，是中共南京市委、军委负责人之一，直接领导军校党支部的工作，并兼任炮兵学校党支部书记。

说到这里，我们不难从中看出，文绍珍与李昌祉有着许多相似之处，比如他们同是湖南人，同是黄埔四期生，同是共产党员，同是北伐战争的参加者，同是打入敌人内部以在国民党军校工作的身份作为掩护的特工……所以，谷正伦盯上了文绍珍。

继续说文绍珍。

文绍珍于1929年受中共中央军委的派遣来到南京。此后不久，形势发生了变化，文绍珍的工作难度越来越大。究其原因，与李立三“左”倾错误的影响有关。

1930年的夏天，李立三决定让多个中心城市的地下党纷纷组织武装暴动。并且，为了加强暴动的组织力量，上级把曾中生作为中央特派员，派到了南京。曾中生到任后，一方面协同市委书记顾志鹏负责党的组织整顿工作；另一方面，利用黄埔军校同学的关系，有效地开展了白区的兵运活动，并在不长的时间内，秘密地控制了一个学兵营。

就在这时，李立三加快了他在全国大、中城市进行总起义的冒险计划，要求南京市委领导学兵营迅速举行武装暴动。与此同时，李立三把控下的中共中央还任命了曾中生为行动的总指挥。

曾中生表示反对，认为举行暴动的时机不成熟，如果盲目行动，会导致革命力量的损失。

李立三哪里听得进去？头脑发热，以为革命就要成功的李立三决定亲自兼任江苏省委行动委员会的书记，然后执意命令曾中生尽快实施武装暴动。

曾中生只得执行命令。结果可想而知，武装暴动遭到国民党政府军警的疯狂镇压，学兵营被缴械，党组织受到严重的破坏，近百名党员被杀害。

作为南京陆军军官学校的中共党支部负责人，学兵营的被“围剿”，导致了文绍珍的身份暴露。武装暴动失败后，文绍珍即奉党组织之命及时撤离南京，前往武汉，继续做军运工作。可是就在文绍珍转道北平时，与同是共产党员的未婚妻宋濂不幸被捕。

二十多天后，文绍珍和宋濂被解往南京宪兵司令部关押。

时为宪兵司令的谷正伦对抓获文绍珍表现出了极大的兴趣，他试图以劝降的方式，通过文绍珍这一渠道，消灭南京中共地下组织。于是，谷正伦找来南京陆军军官学校的教育长，以关心被捕学生的名义来到狱中，探望并意欲说服文绍珍。

教育长说："我是奉委员长之命来看望你的。"

教育长又说："只要你承认是共产党，交出南京的地下党组织，那么，要官有官，要钱有钱。你要是想结婚，我们还可以为你操办婚礼。总之，一切都好说。"

文绍珍笑了笑，然后说："我的事，你们都知道，不需要我说什么了。你们要怎么办，就怎么办。"

见无法劝降，谷正伦命其手下人，于1931年8月28日凌晨，在南京雨花台，将文绍珍处决。

文绍珍牺牲时，年仅二十三岁！

谷正伦是在枪杀文绍珍之前，想到文绍珍可能与"周先生"之间有着某种关联的。产生这样的想法，依据是学兵营整个被共产党拉走，非一人能力所为。那么，文绍珍是有帮手的。在多次审问文绍珍，甚至是使用酷刑的情况下，文绍珍仍然没有招供，并非说明他没有一个同党。现在，谷正伦想做的，就是要找到文绍珍的同党，而这个同党，很可能就是"周先生"。

于是，见从文绍珍嘴里掏不出东西，谷正伦便设法派人到军校去找线索。这样一来，谷正伦派出的人，刚刚进入军校，就被李昌祉的目光锁定了。李昌祉知道谷正伦正在想方设法查找他，那么，在这种时候，他唯一需要做的，是沉住气，不慌张，要像鱼潜入水底一样，连个泡泡都不要吐。

从军校返回卫戍司令部的人向谷正伦汇报，没有发现其他线索。谷正伦让再查。在谷正伦看来，军校大有可疑之处。当初，南京的地下党组织暴动失败后，文绍珍撤离。就在文绍珍匆匆离开军校，北上北平之时，还有一个人，被指认后逃脱。经查，这个人名叫曾中生，中共南京市的市委书记！他是怎么逃脱的？经仔细回忆，谷正伦认为曾中生在被人认出的情况下突然失踪且无下落，定是有人从中帮助。这个帮助曾中生逃走的人，是“周先生”吗？

应当说，谷正伦的判断是正确的。那时候的曾中生，的确担任南京市的市委书记。这是中共江苏省委在举行武装暴动欲夺取南京政权之前的一项新的任命，目的在于加强暴动的领导。之后，暴动失败。其间，曾中生在后湖州公园与人接头时，被一个黄埔同学、原孙文主义学会的成员发现。这个人欲纠缠住曾中生不放。曾中生设法摆脱，然后迅即离去。

曾中生的离去的确是在他人的协助下实现的，这个人就是李昌祉。

关于李昌祉协助曾中生脱险的说法有两种：一种说法是李昌祉见曾中生被人认出，随后那个人紧紧盯住他不放，也就是说，曾中生走到哪里，那个人就跟到哪里。这样的情况如果持续下去，随时都有可能发生危险。李昌祉见状，急中生智，抢先一步拦住街上的巡警，向巡警报案，说那个人鬼鬼祟祟，行为可疑，像是共党。于是巡警上前把那个人拦住盘查，曾中生趁机逃脱。另一种说法是曾中生被那个人盯梢，几次想摆脱，都未能成功。后来，曾中生进入一家店铺，作为接应的李昌祉暗地里跟曾中生交换了礼帽，然后，李昌祉头戴曾中生的帽子引走了盯梢人，并成功地甩掉了“尾巴”……

不管哪种说法属实，现存的资料上都留有李昌祉协助曾中生脱离险境的文字。后来，由于曾中生身份暴露，不宜继续在南京工作，便被上级调往上海中央机关。再后来，党的六届三中全会召开，曾中生以中央特派员的身份被派往鄂豫皖根据地，并相继担任了中国工农红军红四军政委、西北革命军事委员会参谋长等职。徐向前元帅在他的回忆录里，曾盛赞曾中生“能文能武，智勇双全”，是“杰出的共产主义战士”，且“对党忠诚，待人诚恳，才思敏捷，浑身充满革命者的战斗激情和力量”。

作为卫戍司令，谷正伦抓住文绍珍这条线索，紧紧盯住高级军校不放。

在三番五次派人到南京高级军校查找可能存在的“周先生”时，谷正伦发现一个人存有疑点，这个人正是李昌祉。

李昌祉之所以进入谷正伦的视野，是因为他在 1931 年 5 月至 8 月间，离开过南京高级军校。虽然这段时间不长，但谷正伦认为这很重要。因为之前的南京发生了一件大事，中共地下组织竟然在国民政府所在地发动武装暴动。后来暴动被平息，但参与暴动的部分共党分子纷纷逃离。尽管在这之后事隔多月李昌祉才离开南京去了江西，却仍旧不能排除他经过短时间躲藏，认为风头已过，因此避险撤离的嫌疑。随后，他虽然回来了，回到军校继续任职，可是既然谷正伦认为他有疑点，就要一查到底。这样一来，李昌祉就成了后来一段时间谷正伦特别关注，并在暗地里仔细甄别的一个目标。尽管这段时间不长，然而，李昌祉有危险了。

4. 江西之行

李昌祉在 1931 年 5 月至 8 月间，去了江西。

他去江西负有重要使命。

起因始于 1930 年的年末。南京的冬天虽然不至于像北方那样天寒地冻、冰天雪地，但是阴冷得很。尤其是连续几日阴天，那种冷就随着风，往人的骨头缝里边钻。这时候，李昌祉的一些同乡好友，就会三三两两地相约，傍晚时分来到鸡鹅巷 11 号的公寓里聚会喝酒。

这样的日子似乎过得很快，快到过了好些天，李昌祉竟发现邓德懋已有一段日子没有来了。李昌祉心想，邓德懋是蒋介石的侍从官，他不来，定是有了什么情况。于是，李昌祉让他的堂弟李昌佐抽空打听一下。

李昌佐也是中共党员。他很快了解了情况回来跟李昌祉说，邓德懋要离开南京，去江西任职。蒋介石准备调动部队“围剿”红军，需要派一名得力的、自己信任的人到那里去给他当耳目。于是，蒋介石选定邓德懋，让他到那里的一线部队当营长。

李昌祉来到南京，打入敌人内部后其中的一个重要任务，就是秘密建立中共地下联络站，打通南京、上海、江西的直接联络渠道。因此，当李昌祉得知邓德懋受蒋介石的直接派遣要去江西，认为这个信息很重要。于是，李昌祉以关心同乡邓德懋生活的名义，安排李昌佐到他家去，在邓德懋外出执行任务期间住在他家，帮助他料理家务。李昌祉这样做的目的，一是以这种方式继续保持与邓德懋的关系；二是试图通过邓德懋从中不间断地获得江西前线敌人的内部信息。

邓德懋平日里跟随蒋介石吃香喝辣，突然间要下派到江西既艰苦又危险的作战前线，正愁家里无人照料，见李昌祉伸手相助，无异于雪中送炭，自然是感激不尽。所以，对李昌祉的堂弟李昌佐的到来毫不设防，不久就让李昌佐了解到了有关国民党军队在江西前线诸如番号、数目、装备、指挥官姓名以及行动计划等重要情报。这些情报，通过李昌祉建立的地下交通站，很快交到了位于上海的中共中央机关。

1931 年 3 月，蒋介石对中央苏区发动第二次“围剿”遭到失败后，陆续调集三十万兵力准备发动第三次“围剿”。这次蒋介石动真格的了，他亲任总司令，让何应钦担任前线总司令兼左翼集团军总司令。蒋介石的计划是：（一）以第二路进击军陈诚部之第十一师及第十四师分由南城、黎川向宁都攻击前进。（二）以第一路进击军赵观涛部之第六师及预备军第十师卫立煌部由南城、南丰向广昌地区之头陂攻击前进。（三）以第三军团朱绍良部之第八师及第二十四师分由南丰、新丰向黄陂攻击前进。（四）以第四军团蒋鼎文部为左翼集团军预备队，于临川、南城间集结相机策应第一线作战。企图与红军主力进行决战。

上述情报被李昌祉获取后，迅速转给了党中央。

问题是，当时的党中央接到情报后，面对敌人气势汹汹的进攻，仍然准备不足。为什么？这里面有个时间差。即第二次反“围剿”结束后，中央苏区对蒋介石迅速发动第三次“围剿”预期不足，主力部队大多被安排分散到各地发动群众创建革命根据地去了。若要收拢部队，需要时间。比如彭德怀的三军团远离作战区域几百里，而其他部队即使集中起来，兵力也只有三万人。后来，事实印证了这一点，第三次反“围剿”开始后，我军花了十天的时间才把部队集中起来。毛泽东在总结那段时间的作战情况时说“红军仓促地绕道集中，就弄得十分疲劳”“红军苦战后未休息，也未补充（三万人左右），又绕道千里回到赣南根据地西部之兴国集中，时敌已分路直迫面前”。毛泽东后来还说“特别是在敌人第三次‘围剿’时江西红军根据地几乎全部丧失了”。

由此可见，面对蒋介石发动的第三次“围剿”，中央苏区困难重重。

在这种背景下，中央命令李昌祉想方设法前往江西，策动国民党军队反水，以缓解苏区根据地的困难，尽可能地减轻我军在反“围剿”作战中的压力。

从今天的角度来看待李昌祉的临危受命，会觉得李昌祉真的很了不起。李昌祉本是南京高级军校新兵训练处的少校大队长，上级却要他在短时间内找到合法的理由，调往正在作战的江西前线部队任职，其间一是跨度太大，二是调动之事并非个人说了算。那么，李昌祉是怎么做的呢？李昌祉受命之后二话不讲，立即托人四下活动，然后通过关系，很快在赴赣作战的新编十三师谋到了一个政训处中校处长的位置，随即随同部队开拔，奔赴江西。

若用现代人的话讲，李昌祉属于高智商。他来到江西后，摸清了周围的情况，然后对同是国民党军友邻部队的二十七军二十三师开展了策反工作。也许有人会说，李昌祉是新编十三师的，为什么要舍近求远，跑到别的部队去忙活呢？其实，这正是李昌祉的高明之处。你想啊，要是李昌祉对他任职的新编十三师的部队进行策反，行动明显，无异于暴露在光天化日之下，事后不正是给谷正伦有把柄可抓了吗？李昌祉不按常理出牌，一是考虑到今后还要继续潜伏在敌人内部做地下工作；二是相比较起来，二十七军二十三师里他的同乡熟人多，这有利于他开展工作。于是，李昌祉以"鼓舞国军士气"的名义，趁二十七军二十三师开往吉安途中的机会，搭乘他们的运兵船，沿赣江而行，尽可能地接近这支部队。

插一句，李昌祉抵达吉安后，在康家街的一个红军情报联络站里，与苏区中央局的李韶九接过头。当时他们分析了敌二十七军的情况，认为该军实际上只有二十三师一个师的编制，相对独立，便于开展工作；二十七军的军长李云杰是嘉禾人，其部队还有不少李昌祉的同学、同族分别担任团、营、连主官的职务，这为策反成功提供了更多的可能性。

应当说，李昌祉的工作效率很高，经过说服，事半功倍，在较短的时间内，就让二十七军的二十三师在"围剿"红军时做到了袖手旁观，或是磨洋工，或是在作战中做做表面文章，糊弄上级。后来，泰和一战，与红军对阵的二十三师六十九旅的两个营，在李昌祉的精心策划下，于战场携带武器悉数投奔红军，这对敌军前线作战官兵的心理而言是一个沉重的打击。很多年后，《江西党史资料》第十九辑第二百三十七至二百三十八页中记载了当时的情况："……我们每天都要跋涉山川，东奔西跑。无论白天晚上，天晴落雨，总是没有停止的。到了一个地方，还要驻在山上，日晒夜露，风吹雨打，晚上也不能安寝。""你想，一个人都是肉做出来的，像这样滋养不足，日晚劳苦，还加之风吹雨打，日晒夜露，无论精神身体，都是日益萎靡。""真是匪没剿灭几多，自己却损失了不少。眼看到这种情形，真是欲哭无泪"……

可见士气低落到了极点。

1931 年 8 月，李昌祉完成任务从江西回到了南京，随后在同是共产党员的国民党高级军校特别党部书记长李振唐的帮助下，在该校党部担任了上校科员一职，继续从事地下情报工作。

谷正伦对李昌祉几个月的江西之行充满了怀疑，他派手下的人反复查找，均未找到破绽。但谷正伦不甘心，他用排除法，把自己能够想到的疑点，一一进行了过滤。

比如说，李昌祉为什么要去江西？那里是作战前线，炮火连天，李昌祉在南京待得好好的，去那里干什么？后经调查，李昌祉是被有关部门派去的。那么，既然李昌祉在军校的训练处工作，派他到前线任职，进行实地调研，以便今后使军校学员的训练更加符合实战的要求，就没有什么不可以的了。再说，李昌祉前往江西，由少校晋升中校；短短的数月之后，李昌祉回到南京，又升为上校。年轻人为了升官，找到赴前线镀金的机会，实属情有可原。于是，这一条，排除，过了。

比如说，二十七军二十三师的两个营，在战场上投奔红军，那是二十七军发生的事，与李昌祉所在的新编十三师没有什么关系。于是，这一条，排除，过了。

再比如，共军声称取得了第三次反“围剿”的胜利，其中跟李昌祉的江西之行有什么关联呢？在谷正伦看来，国军并没有失败。国军的撤离，与战场因素无关。据谷正伦所知，整个第三次“围剿”，与前两次相比，国军基本上控制着战场的局面。虽有损失，亦不足以影响全局。红军则是在国军的“围追堵截”下，显得极为被动，甚至接连受挫。于是，这一条，也排除，过了。

如此一条一条排除之后，谷正伦竟然找不到李昌祉去江西有什么不妥之处了。然而，谷正伦毕竟是谷正伦，他总觉得李昌祉的身上隐藏着什么；可究竟是什么，他又说不清，只是一种感觉。所以，谷正伦在心里仍旧对李昌祉搁不下来。

5. 棋逢对手

1931 年 8 月，李昌祉从江西回到南京后，在高级军校党部担任了上校科员。

国民党党部历来都是国民党的一个重要部门，所以，李昌祉任职所在的军校党部，与原先的训练处比，不仅权力大，而且接触面更广了。李昌祉利用这个便利条件，与各级军官广泛交往，工作开展得如鱼得水、风生水起——

为了恢复和加强兵运工作，他派李昌佐为宁赣线交通员，负责传递情报于南京—南昌—吉安—赣州之间；

为了腾出更多的时间和精力，在敌人内部发展和建立党的基层组织，他把“鸡鹅巷 11 号”的日常事务，交给了杨文烈照料处理；

为了扩大情报来源，他利用同乡关系，在湖南旅京学校等处，建立了一个又一个联络网；

为了加强军校的组织力量，形成合力，他和三大队的周德民、军需处的李昌祯积极配合，开展了大量的工作。

……

谷正伦也没闲着。

谷正伦是个权力欲望很强的人。1931 年对于他来说非常重要，在这一年里，他想方设法从南京卫戍司令的位置上完成向首都宪兵司令的转换。虽然说都是司令，孰轻孰重，谷正伦自然掂量得出。况且，谷正伦抱负远大，他想以宪兵为平台，开拓进取，做出一番轰轰烈烈的事业来。

为了达到这一目的，谷正伦全力以赴。

在这里，插叙一段往事。

早年，谷正伦和何应钦在贵州争权夺利，双方都想利用当时群龙无首的机会，扩充自己的势力，坐上主持黔政的头把交椅。何应钦实力雄厚，身兼贵阳市市长等八个要职，与谷正伦相争，处于优势。于是，何应钦在各个方面排挤、打击谷正伦。比如说他多次截获谷正伦的密件，试图抓住谷正伦的某些把柄……对此，谷正伦怀恨在心，随即联合第四旅旅长张春浦，一方面在遵义发出声讨何应钦的通电，另一方面密令团长张行伟率部队快速向贵阳进逼。接下来，谷正伦又与第五旅新编团团长孙勤梁联合，集中兵力，以突然袭击的方式，杀得何应钦的部队阵脚大乱。与此同时，谷正伦大造舆论，说何应钦“欺世盗名，独断专行，民心怨怒……”何应钦非常恐慌，在一个细雨蒙蒙的黑夜，只身来到贵阳北边的天主教堂，低三下四地向洋教士司徒拜山求助：“吾暂时有难，求上帝保佑。”在教堂住了三天后，狼狈不堪的何应钦化装成一个修女，逃出贵阳，潜往昆明……

由此可见，为了谋权，谷正伦不择手段，竟连何应钦都不是他的对手。

现在，谷正伦正朝着首都宪兵司令的位置接近，可以说，在 1931 年的 8 月，谷正伦已经离这个目标近在咫尺、伸手可触，只要再做一点努力，就能够如愿以偿了。所以，他比以往任何时候都更加需要政绩，在暂时没有发现李昌祉江西之行的破绽后，为了尽快找到“周先生”，他重新将注意力聚焦到文绍珍的身上。

这时候的文绍珍仍旧被谷正伦关押着。

于是，谷正伦一次次来到监狱，对文绍珍进行刑讯。谷正伦知道文绍珍掌握了许多他想知道的秘密，其中包括谁是“周先生”。谷正伦企图动用各种手段撬开文绍珍的嘴，但最终还是失败了。文绍珍坚贞不屈，不给谷正伦任何机会。

黄昏时分，李昌祉去了鸡鹅巷 11 号。他在那里和几个同乡好友打了几把牌，闲扯了一些社会上发生的不痛不痒的事，然后找了个替手，从牌桌上撤了下来。

这时候天色已晚，从后门悄悄溜出公寓的李昌祉，踩着地面上零碎的暗淡星光，向鸡鹅巷的另一端走去。

原本就不宽敞的鸡鹅巷，在1931年的9月初，被小巷两旁户外纳凉的人们挤得更窄了。南京天气炎热，虽然最热的时候已经过去了，但惯性使然，人们仍旧习惯于晚上乘凉。这样一来，小巷两旁摆满了小桌、小椅、竹床、板凳，甚至谁家不怕麻烦卸下了一块门板铺在地上……乘凉的大人摇着蒲扇相互聊天，小孩子则三三两两聚在一起讲故事，或是你追我打，叽叽哇哇，热闹非凡！

在这样的情况下，李昌祉走得很慢，好在他不着急，甚至有时候他会站在路边看一会儿，然后继续走。至于看什么，只有他自己知道。我曾在前面说过，这条巷子的53号，是戴笠的公馆。那里面前后有两个院子，中间立着一栋米黄色的三层小楼。院子临巷的那扇大铁门虽然总是关着，但里面随时都有一双双隐藏的眼睛盯着外面。所以，李昌祉不能大意，他走走看看，实际上注意力不在路旁乘凉的人身上，而在身后，看看有没有人盯梢。

鸡鹅巷的特色不光在于呈现出了南京人的各种市井生活，它还有好几座寺庙，比如21号的尼姑庵、25号的清真寺、34号的神州庵、112号的天主堂……这些寺庙到了晚上就静了下来，近了，仍能听到经堂上木鱼的敲打声，闻到残存的淡淡的香火味。李昌祉路过这些寺庙时，照例会停下来，看了看，接着再走。

紧挨着鸡鹅巷有一条小河，那时候的河水没有受到多少污染，比较清澈，平时住在附近的孩子们喜欢来到河边用蚊兜捞蠓虫喂鸭子，或是捉蝌蚪放在玻璃瓶里玩；妇女爱蹲在河边淘米洗菜洗衣服。河面上时常有小船驶过，船上的人敲着梆梆卖酒酿、豆儿糕、京江脐等，岸上若是有人要买，一招手，船就靠了过来……李昌祉来到河边时，已是晚上。这时候，河边偶尔有几个人下到河里洗澡，把水弄得哗啦哗啦响，除此之外，大约是怕被蚊子叮咬的缘故，岸上乘凉的人也不多，且在不停地走动。

来到河边的李昌祉也像那些乘凉的人一样，在河边走走停停。 这时候，有一个人跟了上来。 李昌祉放慢了脚步，似乎在等那个人。 等到那个人与他挨得很近了，李昌祉头也不回地说：“我们又见面了！”

那个人说：“几个月没见，过得还好吗？”

李昌祉说：“挺好的。”

说到这里，你就会猜到，那个人就是“蓝芳小姐”。

不错，正是他。 这次与李昌祉接头，是“蓝芳小姐”预约的。 距上一次他们在街头馄饨摊前见面，已经过去五个月了。 其间，风声紧，双方保持静默，没有往来。

这次见面，可以说是冒着一定的风险，毕竟谷正伦仍在追查“周先生”的下落，他手下的人四下布控，到处都是敌人的眼线。 要不是任务紧，“蓝芳小姐”轻易不会行动。 于是，“蓝芳小姐”长话短说。

他说：“想办法搞一批武器。”

李昌祉听清楚了。

李昌祉深知做地下工作的纪律，不问对方为什么，也不问哪里需要，只是说：“好的。”他答应得毫不含糊。 虽然说出这两个字的时候，李昌祉明知在现有情况下，搞到武器装备有多么困难，但他仍然二话不说，坚决接受了任务。

说完要说的话，接下来，两个人便分手了。

李昌祉一个人在河边继续走了走，然后返回鸡鹅巷 11 号……

谷正伦在没有查出“周先生”的情况下，于 1932 年 1 月 16 日，被蒋介石任命为首任首都宪兵司令部司令。 因为在此之前，谷正伦为获得对他来说至关重要的这一职务花了多年的心血，一直不离不弃地在做铺垫工作。 比如早在 1927 年，他就把手下的部队改编为宪兵的三个团；1929 年，又以南京卫戍司令部的名义，设立了宪兵训练所；1930 年，向蒋介石提出了成立宪兵司令部的建议……蒋介石之所以在 1932 年的年初批准谷正伦的方案，完全出于需要。 那时候，蒋介石需要有一支具有军法、司法警察权的执法部队，需要这支部队拥有独立的指挥、人事及后勤补给系统；它是军队，却又不隶属于国防部陆军司令部，其地位类似于古代的禁卫军，主要任务之一是保护中华民国总统。于是，蒋介石大笔一挥，首都宪兵司令部成立，谷正伦如愿以偿，当上了梦寐以求的中华民国首任宪兵司令。

当上宪兵司令的谷正伦，有许多事情需要做。但他在百忙之中，仍旧没有忘记继续查找“周先生”。谷正伦把“不说谎，不作假，守本分，尽职责”作为中华民国宪兵官兵的座右铭。他自己以身作则，也是这么遵守的。他认为，抓获“周先生”，是他这个宪兵司令的“本分”与“职责”。

谷正伦笃信星相和因果报应，他在宪兵学校作《精神教育讲话》时，经常讲《忠经》和《孝经》。他讲这些，往往会联系实际，要求宪兵学校的学员对蒋介石效忠。其实他亦如此。他认为他未就读黄埔，仅在日本士官学校学过炮兵，非宪科出身，蒋介石能够器重和信任他，让他当上首任宪兵司令，他感激不尽。因此，他理当效忠蒋介石，在新的岗位，做出新的贡献。

继续抓捕“周先生”，就是谷正伦上任后力争做出的新贡献。于是，上任之初，谷正伦便召集手下人，布置任务，进行训话。

大凡了解谷正伦的人都知道，谷正伦善于文墨而拙于言谈。平时，他讲话中有个口头禅，即“这个，这个”不离口。有一次，谷正伦给手下人训话，速记员王彪进行了全程记录。事后发现，谷正伦竟然在不长的讲话中，讲了无数个“这个”。最经典的是，谷正伦一连讲了十四个“这个”，才接着讲他想要讲的话，为此，忠于职守的速记员王彪，特地在他讲的这句话后用括号标注“听者窃笑”几个字。

所以，谷正伦的训话依旧是“这个”连篇。

谷正伦说：“这个……这个……自从获知有共党‘周先生’存在，这个……这个……已经有数月了，这个……没有抓到。这个你们都是干什么吃的，天上飞过一只麻雀，这个……这个地上还有个影子呢，这个、这个……你们连个影子也没有发现……”

训话中，谷正伦把手下人大骂了一顿，然后让他们抓紧时间，尽快找到“周先生”。并且谷正伦对手下人放出狠话，只要一天不抓获“周先生”，他们就一天别想不挨骂！

平心而论，谷正伦与李昌祉是一对很好的对手。

大凡对手，都有个基本的法则，即你强，他更强；你有能耐，他比你更有能耐。从某种意义上讲，强者之所以强，就在于他有强大的对手。

李昌祉的存在，对于谷正伦来说，是一块心病，也是一种挑战。他让谷正伦的兴奋度大大增加，以至于在后来的一段时间里，他天天都在琢磨着如何抓住李昌祉。

而李昌祉也在暗中关注着谷正伦的一举一动，他正想方设法让自己隐藏得更好，在需要出击的时候，更具杀伤力。

强手过招，风起云涌！

第三章 暗度陈仓

1. “军需部长”

后来李昌祉才知道，“蓝芳小姐”与他接头时让他设法搞到武器装备，是为了建立京沪联络总站。

按理说，那个年代中共的地下联络站的工作人员不多，非常隐蔽，即使需要武器装备，也有限，也就是说，无须动用正在被宪兵司令谷正伦紧追不放的潜伏在敌人内部级别较高的特工李昌祉来完成。那么，上级急需这些武器装备究竟是用来干什么的呢？

在揭开这个谜底之前，不妨作

为背景资料，先介绍一下那个年代中共的地下联络站。

早在 1926 年，中共就在上海建立了至北京、广州、汉口的三条秘密联络线。那个时候处于国共合作时期，党中央和各省的党组织间还没有形成健全的党内交通网。直到一年后，“四一二”反革命政变，白色恐怖之下，中共被迫转入地下。1927 年 8 月 7 日，中共中央在汉口召开了紧急会议。会议决议指出：“中共临时政治局应当建立全国的秘密交通机关……各省亦（应）有此等机关之组织，务使本党有一全国的交通网。”过后，各种秘密交通站或交通线如雨后春笋，相继建立。据资料统计，从 1927 年 9 月至 1934 年 6 月间，上海中共中央与江西苏区和中央苏区，共建立了九个方向的十七个秘密交通线（站）。这些交通线（站）的主要职能是：上情下达，传递情报，护送人员，运输资金、医药用品以及武器装备等。例如 1929 年 8 月下旬，为了使中央对井冈山的斗争和红四军的情况有所了解，作为红四军领导人之一的陈毅赴上海汇报工作，就是通过各地的交通线（站），一路从长汀至连城、龙岩、漳州、厦门，然后乘船抵达上海。

1930 年 10 月，上海中共中央成立了交通局，由周恩来总负责，吴德峰任局长，“主要任务是打通苏区的交通线，布置严密的全国交通网”。

南京离上海不远。南京的地下党与上海的中共中央机关始终建有交通线。1931 年 8 月，李昌祉从江西回到南京后，又开辟了南京至南昌、吉安、赣州间的宁赣线，并派他的堂弟——中共党员李昌佐为这条线的交通员，每每涉及重要的紧急情报，可直接传递到江西苏区。

同年末，中共南京市委准备建立京沪联络总站，也是出于形势发展的需要。

后来李昌祉得知，拟建立的京沪联络总站需要的武器装备，是为中央苏区的红军准备的。

在创建、巩固和保卫中央苏区的斗争中，红军不仅数量增加，在兵种构成和武器装备方面，也得到了发展和改善。以1929年初红四军初入赣南时为例，那时候红四军只是单一的步兵，其中约百分之六十的人是徒手兵，手中的武器仅是农用铁叉、大刀和梭镖；全军仅有少量的水旱机关枪和数门迫击炮。通信联络手段十分落后，没有电话机，更没有无线电通信设备。随着根据地的建立和红军在战场上缴获武器装备的增多，红军部队的质量不断提升。再比如，1930年秋，以参军的安源煤矿工人为主，建立了红军第一支工兵部队。随后，又建立了炮兵部队。通信兵部队也初步组建起来，有线电话逐步装备到团、营一级；无线电收发报机装备到军和独立师。随着根据地的巩固、扩大和苏维埃临时中央政府的成立，红军的后勤保障系统也逐步健全和完善，战场弹药等物资供应基本得到保障。

但是在1931年的年末，中央苏区的红军仍然急需补充武器装备。为什么？这与反“围剿”有关。

从1930年秋到1931年秋，国民党军队对中央苏区连续发动三次大规模的军事“围剿”，而且一次比一次规模大。第一次十万兵力，第二次二十万兵力，第三次三十万兵力。从时间间隔上来讲，在第一次失败后四个月，国民党军队就发动了第二次“围剿”；而在第二次“围剿”失败后仅两个月，又发动了第三次“围剿”。那么，在第三次反“围剿”胜利之后，中央苏区的红军势必按照惯例，要在较短的时间内，准备迎接国民党军队即将发动的第四次“围剿”。

虽然在前几次反“围剿”的战斗中，红军先后缴获了各类武器大约五万件，但随着敌人进攻的规模不断扩大，相对来说我方的力量也要加强，这样一来，武器装备的补充就成了当务之急，显得刻不容缓了。

与“蓝芳小姐”接头，接受了任务的李昌祉，俨然成了远在江西的中央苏区红军的编外“军需部长”。

在1931年末至1932年初的南京，要想通过秘密渠道神不知鬼不觉地搞到一定数量的武器装备，其难度可想而知，简直等同于徒步登天!

可是即使再难，李昌祉也要积极想方设法去做。

有一句话这么说：“一切皆有可能。”

对于李昌祉来说，一切可能，都是即将实现的现实；而一切现实，都是已经实现了的可能。李昌祉要做的，就是要把生活中的可能变成现实。即使困难如山，李昌祉也要坚定不移地朝着目标走去。

“不去试一试，怎么知道行或者不行呢?”李昌祉总是对自己这样说。

李昌祉经常把自己关在屋里思考。他需要打开思路。

他使用了排除法。

他先是想到了军校。在他所供职的南京高级军校，有一些武器装备，供教学用。有利的条件是，军校有组织里的人，便于得手。他们可以以武器装备陈旧为名，将其淘汰，另向上级有关部门申请新的，然后偷梁换柱，设法将淘汰的武器装备悄悄弄走。不利的是，这些武器装备数量有限，一旦查起来，就会露馅。

接着，他考虑到找校外的自己人联手去做，但很快就否定了这个想法。否定的理由是，既然上级把这个任务交给他，就应当相对独立地完成。找同组织的人一起做，实际上等同于转交任务，把肩上的担子让他人分担了一部分。再说，作为地下工作者，每个人有每个人的任务，许多事情都是保密的，只是你不知道而已。

接下来，他考虑到从同乡的外围组织人员中物色人选。近些年来，李昌祉有目的地交往了许多同乡，关系处得都不错。比如邓德懋。作为蒋介石的侍卫官，邓德懋的人缘关系广，上至总统府的达官贵人，下到基层部门的机关人员，只要邓德懋出面打个招呼，许多人不看僧面看佛面，都会屁颠颠地替他办事。然而，弄武器装备的事邓德懋暂时办不了了，他被蒋介石发配到了江西，一时半会儿回不来。

那么，就得考虑别人了。李昌祉需要物色的这个人，必须是在军中任职，必须有条件接触到武器装备，必须目标不大，必须忠实可靠……这让李昌祉想了很久很久。

那些日子，李昌祉为了完成任务，连日操劳，寝食难安，以至于朋友见了，都说他瘦了。

李昌祉听了，只是笑笑。

2. 物色人选

1930 年，李昌祉奉命来到南京后，陆陆续续在国民党军队中秘密发展党员。至 1932 年春，李昌祉已经建立了七个中共党支部。

最初，我在了解李昌祉这一段历史的时候，认为在短短的时间内，他就发展党员，建立了这么多的支部，是不是速度过快了啊？后来，当我查阅了大量的相关资料，以换位思考的方式，穿越至那个年代，通过研读刀光剑影、腥风血雨下的中共南京市地下党的发展史，我才强烈地感受到，在那段特殊时期，党组织迅速发展的必然性。

据南京市档案局的资料显示，从 1921 年建党至 1949 年南京解放，中共南京地下组织先后九次遭到敌人的破坏，其中一百一十三名主要负责人中，三十二名牺牲，内含八位地下党市委书记；在任时间最短的市委书记孙津川，任职仅七个月就牺牲了。

作为背景资料，不妨在这里说一说 20 世纪 20 年代末至 30 年代初，南京地下党组织先后遭受损失的情况。

1927 年 4 月 10 日上午，为抗议国民党右派捣毁国民党左派省、市党部和市总工会，南京约十万群众到公共体育场参加肃清反革命派大会，并到蒋介石的总司令部请愿，遭到反动势力的血腥镇压。当晚，中共南京地委在大纱帽巷 10 号召开紧急会议。国民党军警突然包围会场，将侯绍裘等十名领导人抓捕后处死，抛入通济门外九龙桥下的秦淮河，是为四一〇反革命事件，即中共南京地下组织首次遭受到的破坏。

1927年6月初，中共江浙区委派黄国材为南京地委书记，重建党组织。7月，国民党军警搜查设在鼓楼兴皋旅社内的团地委机关时，黄国材等领导人被捕，中共南京组织再遭破坏。

1928年3月，孙津川继任市委书记。7月初，孙津川等市委负责人先后被捕，两三个月后，孙津川等三十七名党员在雨花台就义。中共南京地下组织第三次遭到破坏。

1929年5月，南京地下党组织第四次遭到破坏，市委书记黄瑞生等三十多名同志由于叛徒出卖被捕，各级组织损失惨重。随后，江苏省委派人重建南京市委，夏采曦、王文彬等先后任市委书记。

1930年4月，王文彬等市委党、团负责人被捕，中共南京组织第五次被破坏。

1930年7月，受中共中央"左"倾错误思想影响，南京党组织暴露，市委书记李济平等在下关被捕，8月8日在雨花台就义。仅同年7月至10月间，共有五个中共支部全部或大部分被破坏，近百名党团员牺牲，中共南京组织第六次遭到破坏。

1932年2月，市委书记王善堂被捕叛变，供出全市党员密写名单。4月，特委书记李耘生等被捕，中共南京组织第七次遭受破坏，并波及江苏省委所属的徐海蚌、长淮特委，至1933年2月，有三百多人被捕，一百多名党员牺牲。

其后南京地下党组织损失的情况，在这里就不一一赘述了。

值得一提的是，数年间，南京地下党组织在屡遭破坏的情况下，又屡屡恢复，充分显示出顽强的生命力和不屈的战斗精神。据统计，1931年底，南京地下党组织的党员人数达到了近二百人。其间，亦有李昌祉不懈努力的结果。

在李昌祉拟发展的党员名单中，有一个人引起了他的关注。这个人名叫李名熙，是李昌祉的同乡，湖南长沙人。李名熙毕业于黄埔军校三期步兵科。1930年，李名熙入南京军官教导团学习，之后调入南京宪兵教导总队任教导营营长。其间，李昌祉认识了李名熙。

李昌祉之所以把李名熙列入党员发展对象，是因为在和李名熙的交往中，他发现李名熙思想进步，对社会及人生有一定的认识。

那是一次同乡聚会。大家在一起喝酒，然后打牌。

李名熙不打牌，而是站在别人的身后看牌。李昌祉见了，问他，怎么不打？他笑了笑，说牌技差，偶尔上桌打几把，老是输，即使别人不说，自己也会觉得没趣。接着，李名熙说，看牌比打牌有意思，可以从中学两手。

李昌祉便觉得李名熙有点与众不同。在李昌祉看来，同在军中任职，眼下不会打牌或者不愿上桌打牌的人着实不多。因此，他开始留意起李名熙来。

于是，李昌祉问："你不打牌，闲时都做些什么？"

李名熙说："看看书。"

李昌祉问："都看什么书啊？"

李名熙似乎有点戒备地看了看李昌祉，然后说："逮着什么看什么呗！"

李昌祉理解，两人认识时间不长，对方不可能不设防，对他掏心窝子，什么话都说。所以，李昌祉也就笑了笑，附和着说："这样好，什么书都读，博览群书。"

后来，随着见面的次数多了，两人也就熟悉了，熟悉到聚会时喝完酒，李名熙不再看牌，而是非常愉悦地和李昌祉聊起天来。

有一次，两人站在窗台前闲聊。窗外，春风徐徐吹来，刚刚吐绿、鼓着嫩芽的柳枝轻轻摆动，如同碧波荡漾。李名熙见了，不禁感慨地对李昌祉说："眼前的景色与我读书时的湖南长沙私立兑泽中学十分相似。那时候，教室的窗外，也有一棵大柳树。"说着说着，李名熙的目光就柔和起来。

李昌祉听说过李名熙所说的那所兑泽中学，历史悠久，据说是

1905 年由时任北京政府内阁总理兼财政总长的熊希龄创办。

李昌祉还听说林伯渠曾经在那所学校任职教过书。作为湖南人，李昌祉为林伯渠感到骄傲。林伯渠早在 1921 年便经李大钊、陈独秀介绍，加入中共的早期组织，是党内最早的一批党员之一。所以，李昌祉有意试探李名熙，说他们学校可是名校啊，出过不少名人！

李名熙便很得意，如数家珍般说出了一大串人名，其中就有周佛海和林伯渠。

周佛海是中共一大代表，后来脱党，成了蒋介石的亲信。且说李名熙提及林伯渠，让李昌祉感到欣喜。1906 年春天，林伯渠从日本东京弘文学校公费留学归来，仅在兑泽中学的前身长沙振楚学堂教书一年，李名熙就记住了他，这说明了什么？说明李名熙在意的不仅仅是林伯渠曾在他的母校任过教，而是看重林伯渠早期中共党员的身份。于是，李昌祉想了想，话题一转，说自己读的是嘉禾县甲种师范学校。那里名人倒没有什么，只是学校的老师有从省里调来的，不仅课讲得好，还带来了一些书刊，介绍给学生读。那些书刊大家平时看不到，读来有着全新的感受。

李名熙也说那段时间老师让他们看了不少的书，对他影响很大。后来他和一些同学去广州报考黄埔军校，与读了那些书不无关系。

这样说着说着，不知不觉间，李昌祉和李名熙就有了共同的话题。

接下来，他们交流了在学校读《向导》《政治生活》《中国学生》《新世纪》等进步书刊时的体会，谈到了西文启蒙思想在中国的传播，辛亥革命如何使民主共和的观念深入人心，以及自由、平等、博爱……

经过那次聊天之后，李昌祉决定，继续对李名熙进行考察，一旦时机成熟，就把他发展成为中共党员。

就在李昌祉对李名熙的考察进行得差不多时，“蓝芳小姐”通过接头，指示他设法搞一批武器装备。过后，李昌祉思虑再三，决定把李名熙作为下一步行动的最佳人选。

李昌祉觉得李名熙具备以下几个条件：

一是李名熙现任南京宪兵教导总队教导营营长。虽然南京宪兵司令部成立不久，但武器装备精良，谷正伦善于经营，近些年积攒了不少家底子。特别是作为首都的禁卫军，谷正伦伸手向蒋介石要了不少枪支弹药。因此，在武器装备上，宪兵部队丝毫不亚于其他一线作战单位。这样一来，李名熙接触武器装备的机会就比较多，弄到手的可能性也大。

二是李名熙属于进步青年，读过书，有文化，崇尚自由、进步、科学。生活中，他对独裁制度和贪污、腐化的官僚政治十分反感。虽然供职于国民党军队，但不愿过混混沌沌的日子，而是向往和憧憬新的生活。在当时的社会环境下，这样的年轻人不多，十分难得。

三是李名熙毕业于黄埔三期，在军中同学多，人际关系好。黄埔学员中，仅与李名熙同在长沙私立兑泽中学上过学的同窗，就有陈明仁、黄鹤、向思敏、贺迪光、曾布起等人。他们先后都成为国民党将军，并在解放战争中起义，为中华人民共和国的诞生立下了不朽的功绩。大家所熟知的陈明仁就是其中的佼佼者。陈明仁是黄埔一期生。北伐期间，在东莞的一次战斗中，陈明仁抱病率领一个排冒着枪林弹雨冲锋陷阵，消灭了军阀陈炯明一个营；接着，他又在惠州战场，带着敢死队最先攻入城内。以至于庆功会上，总指挥蒋介石夸陈明仁是黄埔的一面旗帜，并命令全体官兵三番鸣枪向他致敬！由此可见，深受蒋介石厚爱的陈明仁，在国民党军队里是个多么富有影响力的人物。1949 年，担任华中军政长官公署副长官兼长沙警备司令的陈明仁率部起义，为和平解放长沙做出杰出贡献。毛泽东主席、朱德总司令曾致专电嘉奖陈明仁“义声昭著，全国欢迎，南望湘云，谨致祝贺”。中华人民共和国成立后，陈明仁被授予中国人民解放军上将军衔。在李名熙的人脉关系中，因有这样一批老同学，自然办起事来顺风顺水，渠道畅通。

有了上述三个条件，李昌祉认为可以找一个合适的机会与李名熙商谈，请他帮忙为建立京沪联络总站搞一些武器装备。

但为了慎重起见，李昌祉把自己的想法及计划及时向“蓝芳小姐”做了汇报。

“蓝芳小姐”同意了李昌祉的行动方案。

3. 焦急的等待

时光荏苒。

打开某一页历史，往往会发现当年发生的许多事情缺失具体的过程，看到的，只是结果。比如某月某日，李昌祉与李名熙相约在什么地方见面，然后商谈如何搞到武器装备，等等。

从浩如烟海的历史资料中很难找到当年李昌祉与李名熙见面的相关细节。纪实文学是以文学的方式记录生活、再现历史，那么，写作中最好要有细节。有了细节，人物生动起来，故事也就好读了。

那么，李昌祉与李名熙见面的地方会选择哪里呢?

在鸡鹅巷 11 号?

应当说，那地方不错，属于灯下黑，离戴笠的公馆近，一般不大引起他人的注意；再加上鸡鹅巷 11 号独门独院，相对封闭，外人进不来。

不足之处在于，李昌祉的同乡和朋友常在那里聚会，虽然范围不大，但毕竟人多嘴杂，万一被其中的什么人发现李昌祉与李名熙在谈武器装备的事，就麻烦了。

在鸡鹅巷不远处的小河边?

那里闹中取静，除了孩子玩耍，妇女在岸边洗衣服，就是三三两两散步的闲人。李昌祉曾在那里与“蓝芳小姐”接过头。设想一下，要是李昌祉与李名熙在那里商谈什么，一般情况下，也不大会惹人关注。

不过，仍不理想。主要是李昌祉和李名熙身份不同，虽然两人见面时都可以换上便装，但只要有人盯梢，就会出问题。你想啊，两个国军的军官，跑到一条小河边上来干什么？若是散步，或是聊天，环境好的地方多了去了，干吗非要到这里来？这样想来，小河边肯定是不行的了。

或者在李昌祉的家里？

那就更不妥了。作为党的地下工作者，最忌讳的，就是把自己的隐私敞开来。家是隐私的一部分。不管因为什么事，把家扯进去，都不是明智之举，何况是搞武器装备？所以，这个地点想都别想！

那么，究竟在什么地方呢？

总之，不管在什么地方，他们肯定见面了，并且谈到了准备谈及的话题。

当时，李昌祉说："想请你帮忙，搞到一批武器装备。"说完，李昌祉迅速将目光停留在李名熙的面部，想看看对方有什么反应。

李名熙仅仅是愣了一下，片刻过后，又恢复到以往那种表情。其间，他的嘴角动了动，似乎想说什么，却又什么都没说。

李昌祉不知李名熙在想什么。对于李昌祉来说，他最怕的是对方沉默无语，如果索性李名熙说行，或是不行，李昌祉提得高高的心就会放下了。可是李名熙不给他机会。李名熙让李昌祉的心一直悬着。

后来，还是李昌祉打破了沉默。李昌祉说："怎么啦，让你为难了？"

李名熙点点头。

李名熙接着说："可以让我考虑考虑再给你回话，行吗？"

"当然行了。"听李名熙这样说，李昌祉有了"星星之火，可以燎原"的期待……

过了几日，李昌祉再次见到李名熙的时候，李名熙对搞武器装备的事仍不说行，也不说不行。李名熙只是问，平日里整个南京戒备森严，这些东西太扎眼，如果弄到手，怎么运出去呢？

李昌祉听李名熙这么说，便知道他这几天一直没闲着，考虑的问题挺多。

其实，李昌祉接受任务后，曾全盘考虑，制订了细致的计划。这个计划包括如何把武器装备安全地运送出南京城。在李昌祉看来，搞到武器装备，只是完成了部分任务，其后还有许多工作需要去做。说起来，小猫吃鱼还要有头有尾呢，更何况是如此重大的机密行动？所以说，此次任务是一个整体，它由多个部分组成。其中，物色执行人、明确行动方案、确定物资存放地点、军火库的警戒情况，以及搞到武器装备的后续处理等，一一包含在内。一环扣一环，只要哪个环节落实不到位，便会导致“一着不慎，满盘皆输”，后果不堪设想。

可是问题在于，面对李名熙的提问，李昌祉这时候绝对不可能把拟定的计划全盘托出，来个竹筒倒豆子，一一告诉对方。如果那样做，显然十分危险，同时也是地下工作的大忌。

中共地下组织建有完善的交通线（战），运输武器装备，将由这些隐蔽战线的同志们用接力的方式去完成。这也是李昌祉计划中的安排。李昌祉不可能知道交通线（站）的具体情况，他需要做的是把武器装备搞到手，运输方面的后续事宜，更多的是由“蓝芳小姐”安排。李昌祉操作的仅是局部，“蓝芳小姐”把控全盘。

据一份由南京市委党史办公室提供的档案材料，南京作为国民党党、政、军中枢机关所在地，别无选择地成为国共两党两军情报人员角逐的中心。在这一背景之下，中共在南京建立多个地下交通线（站），实属必然。

当年，中共南京的地下交通线分布较广，城内城外都有。

城内的地下交通线相对较少。

比如，位于市内的吉兆营 24 号、26 号，对外是一处国民党军官公寓所在地，对内是中共秘密联络站。后来，具体地说，也就是 1949 年渡江战役前夕，国民党第七绥靖区江防兵力配备图就是从这里由中共优秀的地下工作者沈世猷和丁明俊夫妻冒着生命危险传送出去的。

比如，磨盘街 42 号，那里是进步人士张荣森老先生的故居，现在仍作为故址保留。院子不大，内有一栋坐东朝西的老式平房。当年，这所小院的进出人员要看信号，即墙头靠着一竹竿，即表明情况有变，警告来人万勿入内；墙头空空如也，则表明平安无事。如今仅凭往事中的这一小小细节，足以想象当年设在这里的中共交通站是如何藏龙卧虎、激流涌动，又是如何惊心动魄地演绎了类似谍战大片中的种种传奇故事。

而城外的中共南京地下交通站，以六合县（今南京市六合区）最为密集。

六合县堪称南京市的北大门，素有“京畿之屏障、冀鲁之通道、军事之要地、江北之巨镇”之称，因其区域地处苏皖两省、宁（南京）扬（扬州）滁（滁州）三市交会地，不仅是沟通苏南、苏北、皖北的枢纽，也是兵家必争之地。从历史上看，无论是南北纷争，还是东进西击，六合均是战争的交会点。

由于地理位置特殊，加上交通便捷，在六合建立地下秘密交通站的，上至中共中央，下至六合县委，各级都有。这些交通站自成一体，由各个组织派专人领导，而且有的下设了联络站、军事情报站等，采取单线联系的方式，互不交叉。

很多年之后，担任过国务委员、外交部长的吴学谦，早年曾在六合县冶山镇东王庙老街 33 号的中共江苏省委交通站当过站长。当然，这都是陈年旧事了。

那么，继续说李昌祉的故事吧。

李昌祉面对李名熙的提问，略作思索，然后对他说：“后续的工作当然也在我们的计划之内。假如我们有个好的开头，请相信，我们也一定能有个好的结尾。开头与结尾，有机相连，缺一不可。你就放心好了。”

李名熙听了，点了点头，过后既不说行，也不说不行。

李名熙沉默着。

李昌祉只好耐心地等待着他的表态。

直到临走前，李名熙才说话。李名熙说：“让我再想一想吧。”

仅此而已。

又过了几天，李名熙一见到李昌祉，就对李昌祉说：“我仔细考虑了，甚至把能够想到的所有细节都过了一遍，我觉得根据我的设想，完成这个任务的概率在百分之八十以上。也就是说，成功的可能性比较大。”

接下来李名熙说：“虽然操作的过程中，会有不少困难和风险，但我乐意去做。”

李名熙还说：“我知道你要这些武器装备是干什么的。我愿意帮助你去做这件事。”毕竟李名熙对独裁专制以及社会现状不满，他希望尽自己的一分微薄之力，尽可能地去改变它。

最后，李名熙提出，在他做完这件事之后，请李昌祉也帮他一个忙。

李昌祉问：“什么样的忙呢？只要我能做到的，尽管说！”

李名熙说：“完成任务后，出于安全的考虑，我希望过一段时间，然后调离现在供职的南京宪兵教导总队教导营，换一个单位。”

李名熙又说：“其实我可以找人调动工作。只是考虑到做完那事后，由我出面找其他人帮忙，不大合适，有点‘此地无银三百两’的意思。所以，考虑来考虑去，只好请你帮这个忙了。”

接着，李名熙对李昌祉说：“要是不好办，那就……算了吧……”

实际上，在拟定的行动计划中，李昌祉已考虑到如何保护李名熙。于是，当李名熙提出这个要求时，李昌祉立即答应了他。

李昌祉说，这事由他来办。他会不动声色地把调动的事情办好。他让李名熙放心。

李名熙见李昌祉答应得如此爽快，显然十分满意。随后，李名熙把他设想的搞到武器装备的行动方案，一一讲给李昌祉听。

4. 更大的行动

平心而论，李名熙是个性格豪爽、侠肝义胆、内心强大、极有主见的人。只要他认定的事，即使九头牛也拉不回来。那天，当李昌祉把设法搞到武器装备的事跟他说了，李名熙当即心里就有了明确的态度，愿意为这件事出力。虽然李名熙知道私自从部队弄武器装备，犯的是杀头之罪，但他并不在乎。他听从的是内心的召唤。其实，这个时候的李名熙，已经意识到李昌祉是共产党。他相信自己的直觉。于是他不仅不排斥，不反对，相反，还不禁萌生出了一种“可找到你了”的莫名的兴奋感！在这之前，李名熙时常对现实不满，对生活中发生的许多事看不惯，却又无力改变，为此，他十分苦闷。后来，李名熙认识了李昌祉，这种状况逐步有了好转。他喜欢和李昌祉交谈，他觉得每每与他在一起，内心就有一种充实的感觉。结果，这种充实的感觉积累得多了，让他看到了生活的希望。他发现，人生原来可以这样子；日子呢，也可以跟以前过得不一样……但在那一天，李昌祉说让他帮个忙，他没有立即答应。他想，既然这件事是大事，他就要把这件大事办得稳妥一点，不要在自己的手里办砸了。因此，他需要好好想一想，想一想它具有的可能性，以便来确定其可行性。于是，他对李昌祉说，他要考虑考虑。

的确，李名熙一连考虑了好多天。在这期间，他考虑的重点不是参与此事的安危，而是怎么样才能做好这件事。李名熙毕业于黄埔三期，他把这次行动看作是一场战斗。直到他把作战的方案拟定好，认为有了打赢这一仗的把握，才答复李昌祉，说自己愿意帮忙，去搞武器装备。

李名熙是湖南长沙人，能够就读私立兑泽中学，受到良好的教育，说明他家里比较有钱，生活富裕。

的确，李名熙出身于书香世家。他家在当地颇有名气，十分富有，属于名门望族。1930 年 7 月红军攻打长沙，对他家影响很大。

据《湘鄂赣革命根据地回忆录》记载："1930 年 7 月 22 日，红军第三军团在平江县东门外对河三阳街天岳书院草坪里开大会。""会场里搭了一个大台子，这是给大家讲话用的，各单位的领导人都站在台子上面。彭老总（湘鄂赣区党政军民那时都这样爱戴地称呼彭德怀同志）往台前一站，骚动的人群立刻肃静下来。彭老总说：'大家都嫌小仗打着不过瘾，都想打个大仗，这回就要打个大仗了！你们晓得我们要打哪里呀？'彭老总的话音还未完全落下，下面'打长沙！''打长沙！'就喊起来了。连天岳书院的墙壁和鲁肃山的山峰也都响着回声。'打到长沙去！活捉反革命头目何键！''打到长沙去，建立工农兵苏维埃政权！''拿下长沙，攻取武汉！''扩大铁的红军一百万！'人群里口号雷动，红旗飘飘，像海洋里的浪潮一样。"

那时候，受"左"倾错误思想影响，李立三要求各路红军迅速扩充兵力，准备"会师武汉，饮马长江"。彭德怀深知没有力量攻打武汉，但军令难违，他便采取了折中的办法，先消灭了鄂东南的地主武装，占领岳州，然后通过虚张声势，调虎离山，致使蒋介石误以为红三军团攻打武汉而大上其当。于是，彭德怀率领红三军团八千人的队伍，捕捉战机，一举攻占了湖南省会长沙！九天过后，大获全胜的红三军团便于 8 月 6 日主动放弃了长沙，全身而退，向浏阳、平江方向转移。

当时只有八千人的红三军团能够破敌三万，打下长沙，不能不说是创造了以少胜多、以弱胜强的战争奇迹！

彭德怀的红三军团打下长沙后，武器、弹药得到了补充。据资料记载，共俘敌四千余人，缴获长短枪、机关枪、迫击炮等三千余支（挺、门）及大批弹药、物资。

那么，八千人的部队，总要吃饭吧，粮草供给是如何解决的呢？

据《湘鄂赣革命根据地回忆录》中记载："记得有几家米商不老

实，故意闭粜居奇，省苏维埃政府为了保证军民用粮，发布了关于规定谷米油盐最高市价的布告，并且采取了坚决的革命的手段，强令执行。”“英国商人不听苏维埃政府的法令，我气极了，立即转身对群众说：‘乡亲们，面粉是我们中国人的，现在我代表工农红军宣布：全部没收这家不守法的帝国主义粮食公司的面粉。你们排好队伍，每人发十斤。’说着，我叫人把那个奴才老板带走，并叫人分发面粉。‘好哇！好哇！有红军给我们做主！’群众立即排好队伍，一下午就把这家公司的面粉全部分光。”

李名熙家也不例外。

1930 年 7 月下旬的一天，一队红军士兵闯入李名熙家，手持布告，勒令开仓放粮。过后，李名熙的父亲给他写信说，祖上传下的几代家业，竟在一夜之间惨遭败落，家产被分得所剩无几，其情其景，惨不忍睹……

数月之后，李名熙竟能从容地答应李昌祉，愿意为对方搞到武器装备。这说明什么？说明李名熙为追求崇高的理想，视金钱如粪土，情愿割舍万丈柔情，背叛自己的家庭，就算是当一名被家人责骂的“逆子”，也要坚守信仰，为获取民主与自由，尽一分责任与担当！

就在李名熙按照计划，一步步地具体实施时，南京的形势发生了变化。

外部环境的风云激荡、变幻莫测，也给李昌祉执行搞到武器装备的行动造成了一定的困难，带来了诸多不便。

具体地说，形势的变化是由地下党组织引起的。

1931 年 1 月的一天，一个名叫施其芦的年轻人来到了一家砖瓦厂。从穿戴上看，施其芦很像生意人，与大多数前来买砖瓦的小老板们没有多少区别；其实，施其芦的真实身份是中共江苏省委巡视员，他受省委书记王云程委派，到苏、常、镇、宁视察。此次来南京，施其芦与地下党负责人接头的目的，是为即将发动的南京大暴动做准备。

接头地点之所以选在砖瓦厂，是因为 1927 年 4 月 18 日国民政府宣告成立，并定都南京之后，由于建筑量大，对砖瓦的需求必然增多，于是，南京的砖瓦业如沐春风，蓬勃发展，即使南京和平门外接二连三地出现了几家规模较大的机器制坯和德国连续式窑，所产砖瓦仍旧不能满足市场需求。所以，砖瓦厂每日人来人往、车水马龙，便于地下党在这里活动。

显然，施其芦在来到砖瓦厂接头之前做过功课。他装模作样地与砖瓦厂的老板聊了几句，夸他们生产的砖瓦好。他说，他看过一本记载南京琐事的书，上面写道“钟山之麓，有土腻粘，陶为砖瓦，质尤细致，凡造洋式房屋者，咸资于此”。他还说，他曾看过有的瓦上嵌有砖瓦厂的电话号码，是不是学明代筑南京长城的工匠在城砖上留名，用以确保产品的质量啊！然后，施其芦佯装看货，避开闲杂人员，与前来接头的人联系上了。

施其芦向来人传达了上级制订的南京大暴动的行动计划。

第一步，暴动那天，事先将国民党教导旅、宪兵中的党员和积极分子接出来，混入因水灾逃难到南京，现聚集在鸡鸣寺一带的难民中；与此同时，南京特委下属溧阳、句容特别支部组织人员在两地发动游击战，配合“南京军变”。

第二步，中共南京市委要组织工人进行总同盟罢工，以积极配合南京的大暴动。工人是主力军。尤其是位于鼓楼区下关宝塔桥的英商和记洋行，那是南京开埠后外国资本家在下关开办的第一家工厂，是民国年间南京乃至全国最大、最现代化的食品加工厂之一，也是一处具有殖民买办性质的工业企业，如果这样的一家大型外资企业的工人加入暴动的队伍中来，不仅人数多、力量大，而且对敌人势必起到威慑作用……

布置完计划与任务，施其芦与接头人分别离开了热闹的砖瓦厂，消失在南京冬天萧瑟的寒风之中。

他们的离去，意味着一个比李昌祉和李名熙搞到武器装备更大的行动就要开始了。

如此一个涉及全市武装暴动的规模盛大的行动，会给相比之下李昌祉和李名熙正在进行的小的行动带来什么样的影响呢?

李名熙是党外人士，不了解共产党内部的情况，尤其是涉及行动机密，更是如此；但李昌祉知道——他已经接到了上级指示，要求其积极参加此次暴动!

李昌祉对 1930 年夏季南京武装暴动的失败记忆犹新。他想不通，事隔仅仅一年多，怎么就好了伤疤忘了疼呢?!

事情要从 1929 年底说起。

当时，中共江苏省委在上海召开了第二次代表大会，贯彻共产国际和中共三届二中全会以来的指示精神。会上，李立三做政治报告并获通过，标志着党内“左”倾思想和“立三路线”开始占据上风。江苏省委同意李立三的意见，确定江苏党的总路线是进攻路线，准备发动武装暴动，企图以江苏的全面行动来促进全国革命高潮的到来。这次会议对 1930 年南京地下党的斗争产生了很大的影响。

1930 年初，南京地下党的力量如何呢? 据统计，市委下属有十八个支部，共计一百一十七名党员，其中士兵支部只有六名党员。即使是这样，主持中共工作的李立三仍然认为南京工人运动已激烈到可以直接进行武装暴动的程度，尤其是南京地下党在敌人军队里有一定的影响力，取得暴动的胜利完全是可能的。虽然中央政治局没有批准李立三提出的南京暴动计划，但“左”倾思想在南京地下党的组织内得到了蔓延。

1930 年 5 月，王弼任南京市委书记期间，成立了由十一人组成的红五月行动委员会，简称“行委”。根据省委指示，“行委”的行动纲领，就是组织全市的暴动。

同年 6 月 11 日，中共中央通过了《新的革命高潮与一省或几省首先胜利》的决议。数日后，也就是 6 月 25 日，南京市委按照上级指示，成立了士兵暴动的兵委组织，准备在武装暴动的基础上，成立红十四军二师；与此同时，决定于 7 月 16 日在夫子庙举行反军阀混战的示威活动，并以此作为 8 月 1 日武装暴动，一举占领南京的热身演练。

现在看来，当年如此重大的行动，竟被当成了儿戏，以至于尚未行动，市委宣传部门就组织人员印传单、写标语。最可笑而又可悲的是，有人故意泄密，竟把“7 月 16 日到夫子庙示威去！ L. P”这样的标语贴到了国府路（现长江路）国民政府对面的墙上，这等于是把行动计划毫无保留地告诉了敌人！

等真正到了 7 月 16 日那一天，示威活动总指挥、中共地下组织市委宣传部部长石俊爬上夫子庙奇芳阁茶社旁的电线杆子，刚准备点燃用来发送信号的爆竹，就被早已埋伏在那里多时的国民党军警抓获！

尽管如此，李立三仍不死心，于 1930 年 8 月中旬召开了一个布置全国十三个城市暴动的会议，并派中央总行动委员会委员徐锡根到南京指挥暴动。

不过，李立三布置的南京暴动很快就被共产国际制止了。共产国际给中共中央发来停止南京、武汉暴动的紧急指示，并派瞿秋白、周恩来回国，纠正李立三的错误行为！

至此，南京地下党的武装暴动以失败告终。

在隐蔽战线上，每有不慎，行动上遭到失败，都要付出惨痛的代价。发生在 1930 年夏季的南京暴动亦如此。关于这一点，后面的文章中还要涉及，在此就不赘述了。

李昌祉经历过 1930 年南京暴动的失败，所以，当南京市委决定在 1932 年初再次发动武装暴动时，凭着直觉，他预感到情况并不乐观。尤其是在这期间，关于暴动的所有大大小小的行动，都会对他与李名熙执行的搞到武器装备的任务产生不利的影响——尽管眼下李昌祉并不能对其可能产生的不利影响进行准确的评估！

5. 艰难时期

1932 年 2 月的南京，连续多天小雨夹雪，气温低，阴冷。

李向荣在京华印书馆上班。这一天，他从印刷车间刚要出门，就被两个来路不明的人堵住了。那两个人黑衣黑裤，头戴黑色的礼帽，一看就不是正经人。

来人问："谁是李师傅？"

李向荣答："他不在。"

来人问："你姓什么？"

李向荣说："姓王。"

来人的目光便从李向荣的身上移开，朝他身后的车间望去。李向荣趁机朝边上让了一步，然后往门外走去。

要不是车间里有人喊李向荣，他就走出门了。这时候，偏偏印刷机出了点故障，有个工人没有眼色，不知道李向荣遇到了危险，竟然在身后喊了他一声"李师傅"，想让李向荣帮忙修理。这一喊不要紧，来人意识到李向荣要走，急忙追上来，一左一右，挟持着李向荣走出车间，走向不远处停在那里的一辆警车！

李向荣是中共京华印书馆的党支部书记。几天前，也就是 2 月 9 日，江苏省委通知各地，加紧组织全省总同盟罢工。中共南京市委根据这一指示，布置了包括京华印书馆在内的和记工厂、人力车工人、浦口搬运工人、门西织缎工人等多家企业员工积极参加行动。李向荣是在罢工现场被便衣特务盯上的。特务认为李向荣是罢工行动中的活跃分子，便暗中跟踪、盯梢，直到把他抓获。

同样是在 1932 年 2 月的一天，吴恕从南京市区出发，过中山东路，出中山门，然后去郊外的孝陵卫。

孝陵卫位于紫金山南麓。据《白下琐言》载："孝陵卫一名钟灵街。"意思是说，此地因有明朝太祖朱元璋和马皇后的陵墓，驻有守护部队而得名。

在明代，“卫”是军队编制的名称。当年，各省辖区均分为数个防区，每区设卫戍守。卫下设所，有千户所和百户所之分。每卫有五千六百人左右，长官称指挥使。各卫听命于省都指挥使司（简称都司），都司归中央五军都督府管辖。后来，孝陵卫的营区一直驻有军队。吴恕的身份是中共南京军委的交通员，他去孝陵卫，是到国民党部队教导团，与那里的地下党取得联系。

那时候，从南京城里去一趟孝陵卫，远没有现在这样便捷，早上走，往往耗上大半天时间才能到。吴恕算是走得比较快的。他先是乘坐市内的小火车，从江口至中正路，全程七站，大约耗时四十分钟，票价二角银圆；然后转乘马车。南京人称城里的行车道为“马路”，可见早年间的路是为马及马车行走而修的。按理说，当年乘坐马车的价格不算贵，从下关车站到三牌楼，仅需银圆六角。吴恕为了抓紧时间，早点赶到孝陵卫，一路都是乘车而行。

让吴恕万万想不到的是，当他辛辛苦苦地从城里赶到孝陵卫教导团，正与那里的人接头时，就被守候在那里的敌人抓住了。

冬天日照的时间短。

这天下午，李昌祉来到城南一带的评事街，才四点多钟，光线就渐渐暗了下来。

20世纪30年代初期，城南是南京居民最密集的地区之一。早年，明太祖朱元璋定都南京时，把老城分为三个部分：西北军营，东部皇宫，南部居住。南部即以夫子庙为核心，东西至明城墙，南至中华门，北至白下路，俗称“老城南”。

李昌祉之所以来到城南，是因为这里人多，巷子也多。俗话说，“北京胡同，南京巷子”，南京城南的巷子从高岗里、孝顺里、饮马巷、殷高巷，到荷花塘、五福里、谢公祠，一条接一条，条条相连。李昌祉来这里，是约李名熙见面的。这里的环境，如同一条流动的河，一两条鱼潜入水下，足以自由自在地游弋。

为了防止有人跟踪，李昌祉佯装购物，走进了一家衣帽店。

衣帽店里往往有供顾客使用的镜子，李昌祉可以轻而易举地通过镜子，观察身后有没有可疑的人。

李昌祉走进的这家店名叫“豫丰泰”。像这样的经营衣帽的老店，在评事街还有“永和泰”“森泰”等多家。

李昌祉先后取了几顶帽子，对着镜子，左看看右看看，似乎仍觉得不合适，然后抱歉地跟店主打了声招呼，离店而去。

见约定的时间到了，李昌祉走进临街一家看上去不大起眼的小笼包子店。这家店小，客人也不多。李昌祉一眼就看见了比他早到的李名熙。于是，李昌祉朝李名熙微笑着点了点头，坐到了他的对面。

显然，先来一步的李名熙已经侦察好了，他对李昌祉说：“这家小笼包子地道，皮冻是前一天熬好的，客人点了之后，现包现蒸。”

接着，李名熙又说：“我等不及，已经先吃了一笼。”

李昌祉问：“味道如何？”

李名熙说：“用料实在，里面肉馅紧紧一团，个头也大，皮薄汁多。”

李名熙又说：“在调味方面有特色，味道带点甜，却不甜腻。”

说完，李名熙对店小二示意，来两笼小笼包！

等店小二离去，李昌祉与李名熙进入了正题，小声地说起他们之间正在进行的那件事。

李昌祉说：“那事先停一停吧，这几天风声紧了。”

李名熙知道李昌祉说的风声紧是什么意思，他在宪兵教导总队任职，消息灵通，宪兵司令部有什么情况，他一般都能很快得到消息。

但李名熙听李昌祉说完，轻轻摇了摇头，说已经与那人联系了，现在停下来，怕就怕到时候黄花菜凉了。

李名熙说的那个人，在他所执行的计划中非常重要。数日前，李名熙答应帮助李昌祉搞到武器装备时，说过他的计划。李名熙经过深思熟虑，打算找他的一个朋友，设法以缴旧领新的方式，从仓库里弄到他要弄到的东西。据李名熙了解，那个仓库管理混乱，说是缴旧，并不是说要真的把一些报废的武器装备如数上缴，然后才能领出新的；仓库管理人员只要在账本上记个缴旧的数目，就可以了。在那个仓库，很多年来旧的枪支弹药胡乱堆放，从来没有人过问和清理。甚至有的年代已久的报废武器，直接被拉到兵工厂，集中销毁。现在，李名熙已经和那个人接上头。李名熙说：“还是趁热打铁吧，过了这个村，就怕没那个店了。”

李昌祉觉得对方这样说不无道理。

但李昌祉毕竟从事地下工作多年，一有风吹草动，心里的那根弦就绷紧了。理智告诉他，小心驶得万年船。日常生活中，有许多事毁就毁在心存侥幸上。所以，李昌祉仍旧坚持自己的意见，让李名熙暂停下来，看看风声再说。

李名熙见李昌祉这么说，只好答应，同意暂时缓一缓。

这时，店小二送上来两笼热气腾腾的小笼包。

李昌祉吃了，连连称赞，味道果然不错！

1932年2月上旬，中共南京市地下组织有两个人先后被捕，一是京华印书馆党支部书记李向荣，一是军委交通员吴恕。这两个人被捕后不久即叛变，分别供出了南京市委准备暴动的行动计划，并供出了市军委书记路大奎，以及教导团、工兵营中的党员。

接连抓住两名地下党，这可把谷正伦乐坏了。要知道，半个月前，具体地说，也就是1月16日，谷正伦刚刚被蒋介石任命为首任首都宪兵司令部司令。座椅还没有焐热，正需要政绩表现时，好事就来了，这让谷正伦高兴得合不拢嘴。于是，谷正伦立即下令，按照吴恕提供的名单抓人！

随即，路大奎被捕。

几乎没让敌人费什么力气，路大奎就招供了，承认自己是南京市地下党的军委书记。

20世纪30年代初，白色恐怖最为严重，中共党内有一些原本没有多少政治信仰的人在被敌人抓捕后，纷纷变节。他们就像是多米诺骨牌，一张倒下去，撞倒了另一张，结果，引发了一连串的骨牌倒下。这种连锁反应，使得敌人连连得手，频频有所收获。

这不，叛变之后的路大奎很快供出了南京市委和军委组织的情况，并带领特务到处抓人。市委书记王善堂就是被路大奎带人抓到的。

敌人见抓到了中共南京市委书记，喜形于色。为了使利益扩大化，他们找来顾顺章，对王善堂进行劝降。

顾顺章能够对王善堂做的，无非是以身说法，说自己在中共那边，论职务比王善堂高，已是中共政治局候补委员；论经历比王善堂多，当过上海工人大罢工的总指挥，去过苏联留学；论能耐比王善堂大，是国共两党公认的高级特工。可是到了最后，不是照样归顺国民党了吗？人在年轻的时候难免冲动，满脑子革命什么的。可是真正静下心来好好想一想，人生在世为了什么？不就是为了过好日子吗？顾顺章说，以前他过的，不能说是日子不够好，整天东藏西躲，要吃没吃，要喝没喝。可是现在就不同了，人家尊重你，认可你的能力与才华。要说住，住的是洋楼；要说吃，想吃什么，大多能满足你的要求……《水浒传》读过吧？那么多英雄好汉，到头来，不都被招安了吗？所以啊，想开一点，不要再把信仰啊什么的当一回事，面对现实，眼下活着，能继续过日子，比什么都重要！

顾顺章可谓苦口婆心，把该说的，都说了个遍。

王善堂听了，不吭声，但心跳加快，就连他自己都能听到胸膛里有个活物跳动得“咚咚咚”响。

在被敌人抓住之后，王善堂的心就乱了。他承认自己不是个勇敢者，因为他害怕，怕得不行。既害怕受尽皮肉之苦，又害怕日子就此过到了头。毕竟自己还年轻，生的强烈欲望时时占据着上风。听了顾顺章的劝导后，内心原先高高挺立着的山峰瞬间崩塌，崩塌之快，就连他自己也没有想到。他觉得自己应当矜持一点，即使是当了降将，也不要让对方小瞧了他。人到这时候，也是需要一点点少得可怜的尊严的。这样想来，王善堂就忍着，暂不表态，他需要把自己叛降的过程尽可能地拉长一些。

对手可没有王善堂的耐心。如果说对手让顾顺章前来劝说是唱白脸，那么接下来，他们就要唱红脸了。他们把王善堂“请”到了刑讯室。

本来就有投降心理准备的王善堂见时机已到，便立即招供，把他所知道的中共方面的情况一五一十地说了出来。

作为南京市地下党的书记，王善堂能够向敌人供出的，是组织情况及有关人员名单。地下党的纪律是单线联系，即使作为党的市委书记，一般情况下，王善堂也不了解组织内部的某个具体人在做什么具体事。因此，王善堂叛变投敌，在向对方提供的情报中，没有直接涉及李昌祉，以及李昌祉正在执行的任务。

但毕竟相对平静的局面被打破，中共南京地下党生存的环境被改变，变得恶劣了。这个时候的李昌祉处于艰难之中，他需要面对的，是随时都有可能到来的危险！

第四章 霜重色愈浓

1. 见缝插针

1932年2月上旬的那几天，李昌祉几乎每个晚上都要到鸡鹅巷11号去。

李昌祉去的目的，是想通过同乡和朋友聚会，打听敌人的动向。在李昌祉看来，凡是前来聚会的人，大多来自政府、军队、警察局、报界等社会结构中的较高层面，大家聚到一起，也就是把生活中的各种渠道自然而然地汇合到一起。一旦有什么消息，即使你不主动问，他们也会说出来，似乎说的消息越多，越能证明自己有能耐。这样一来，李昌祉不用太费事，就能得到他所需要的信息。

这一天，暮色刚刚降临，鸡鹅巷11号就一如既往地热闹起来。虽然大家经常见面，但每每聚到一起，仍然亲热得不行。只见你拍拍我的肩，我拍拍你的背；或是索性当胸来上一拳，以示关系亲密，非同一般……总之，都是小圈子里的人，不管你是张三还是李四，也不论你官大官小，到了这里，一律扯平，大家亲如兄弟！

等到人到得差不多了，照例是先喝酒、聊天，然后再打牌。

李昌祉一会儿跟这个碰杯，一会儿又跟那个喝酒，嘴巴不闲着，耳朵也不闲着——他始终在听他们讲话。

他们讲的话中，大部分是一些东拉西扯的废话，李昌祉需要做的，是把那些没用的话过滤掉，留下有价值的。

这天晚上，李昌祉捕捉到的有用信息，出自雷季辑之口。

雷季辑是个报人。由于他坚持“报纸与报馆乃天下公器，属于公共领域的资源，办报就要向社会、向民众开放，使之成为公众喉舌”，所以，在许多场合不以言论做交易，敢于说真话，在南京报界颇有名气。

雷季辑说：“最近你们宪兵司令部挺忙的啊！”

在座的某个人就说：“忙什么，成天都是瞎忙！”

雷季辑说：“哎，谦逊啥，还是忙得颇有成效的嘛！你们不是抓到路大奎了？那可是中共南京市的军委书记……”

言者也许无意，但李昌祉听了却暗暗吃惊。李昌祉是南京军委系统的人，军委书记被捕，情况势必严重了。

于是，李昌祉装作不大相信的样子，摇头晃脑地说：“你们办报的，就爱抓新闻，抓不到新闻，就制造新闻。一个堂堂的南京军委书记就这么容易被抓吗？要吹，你就使劲吹吧！”

雷季辑听了，认真起来。他对李昌祉说：“有的报纸可以说假话，可我雷某从来都是一口唾沫一颗钉，有板有眼，货真价实。”

接下来，雷季辑说起路大奎被抓时的细节，以及他叛变的大致经过。雷季辑说："这是个软骨头，人家还没怎么动刑呢，他就竹筒倒豆子，毫无保留地全部招供了！"

仅仅隔了两天，仍是在鸡鹅巷11号，仍是在喝酒聊天的时候，仍是那个消息灵通的报人雷季辑透露了一个信息，说是路大奎叛变后，带着特务满街乱窜，竟然赶巧了，遇上了中共南京市委书记王善堂，这不，当场抓了个正着！

后来，李昌祉通过李振唐，从侧面向他担任宪兵大队长的同宗打听，印证了雷季辑所说王善堂被捕的情况完全属实。

李昌祉的心情特别沉重。在他看来，短短的时间内，南京地下党的党组织竟有这么多人接二连三地被捕，其中不乏市委书记这样级别很高的领导人，这让李昌祉心中原本就绷着的弦绷得更紧了。

李昌祉判断不出接下来会出现什么情况。

但李昌祉在心里一再告诉自己，面对险情，务必沉着、冷静。

1926年6月21日，李昌祉所在的国民革命军第十一军七十七团，在蒋先云的指挥下，突破湘潭，朝长沙城内挺进。

越是接近城内，敌人的火力就越猛。那时候，李昌祉是排长，他在带领士兵跟随大部队伺机插入敌阵，企图撕开一道口子时，前进受阻。

那时候，北伐军只有十万人，吴佩孚、孙传芳、张作霖的部队却有三十万人，而且北伐军的武器装备远不如对方。

在这种情况下，李昌祉的连长虽然也是黄埔生，枪林弹雨中摸爬滚打，作战经验比较丰富，但他性子急，一见部队被对方火力压制得抬不起头来，就火了。他命令李昌祉全排出动，在他的火力掩护下冲过去，一举拿下对方的火力点！

李昌祉觉得不能硬拼，北洋军阀好歹是清末正规军科班出身，部队中有不少人喝过洋墨水，他们既然设下阵地进行防守，就是料准你硬打硬上的。因此，不能蛮干。但又不能违抗命令。怎么办？李昌祉略加思索，跟连长支了一招。

李昌祉说："连长，你看，我的攻击路线是否可以这样？"

连长眼睛一瞪："怎样？"

李昌祉说："那边的建筑物离敌人的阵地不远。我带人占领后，凭借房屋作掩护，以投弹的方式，摧毁对方的火力点！"

连长是个明白人。

连长对李昌祉说："你小子行！仗打成这样，都打红眼了，你还能头脑冷静、沉得住气，难能可贵啊！"

接着，连长手一挥："给我上！"

李昌祉带领全排士兵出击。他们出其不意地占领了那片建筑，然后连续投掷手榴弹，打得敌人连滚带爬、措手不及！

战后，团长夸奖连长打得好。

连长说："这都是李昌祉排长的功劳。这小子，打仗行！"

李昌祉正置身于一场战斗中，一场血与火的战斗。

至于下一步，即市委书记王善堂被捕，会出现什么样的情况，这对李昌祉来说很重要。

由此，李昌祉意识到搞武器装备的事不能久拖，拖下去不仅容易暴露，也会夜长梦多，一旦错过时机，事情就不好办了。

所以他需要像壁虎那样，为了捕到食物，可以久久地匍匐在那里，一动不动，等待着机会的到来。"要有耐心，要以静制动。"李昌祉在心里不止一遍地提醒自己。

于是，一天之中，李昌祉比以往更加期盼黄昏的到来。那时候，李昌祉下了班，就可以到鸡鹅巷11号去。他相信，在那里足以打听得到王善堂被捕后的下文。

果不其然，李昌祉在和几位朋友的喝酒、聊天中，得知王善堂叛变了。有消息灵通者把王善堂叛变的经过描述得很详细，说国民党中央调查科科长徐恩曾是如何在这位南京地下党书记身上下功夫的，他竟然想得出来，让顾顺章充当说客，这一手太阴险了；说宪兵司令部司令谷正伦是如何邀功的，堂堂党国中将，竟然亲自过问被关押的王善堂的伙食，企图把王善堂归顺的原因记在他感化的账上，实在是可笑至极；还说王善堂从被捕时起，心里边肯定就有了叛变的打算，要不他不会那么沉得住气，在该表明态度的时候，一步到位，毫不含糊！

叛变了的王善堂，向敌人供出了他所掌握的党员名单。这份名单上的人，大多是党内的有关负责人，比如句容特支书记笪移今、溧阳特支书记狄幽青等。敌人拿到名单后，立即抓人。以至于那两天，南京城内城外，警车出动，不分昼夜地嘶鸣，就连市民们都意识到情况不妙，肯定是出事了，且出的是大事！

谷正伦一直在寻找“周先生”。只要一天找不到“周先生”，他就觉得自己心里头犯堵。虽然在 1932 年 1 月，谷正伦如愿以偿地当上了首都宪兵司令部司令，但他是个非常敬业的人，他觉得只要自己在这个位置上，就要守土有责，在其位，谋其政。

抓到路大奎时，谷正伦很是兴奋，他想通过路大奎找到“周先生”的有关线索。据谷正伦判断，“周先生”极有可能属于军委系统。如果是这样，作为中共南京市军委书记的路大奎就该知道谁是“周先生”。于是，谷正伦派手下的人三番五次地询问路大奎，让路大奎提供“周先生”的下落。路大奎挖空心思地想，最终也没有想出“周先生”是谁。为了交差，同时也为了避开隐瞒不报的嫌疑，路大奎就把皮球踢给顾顺章，说“周先生”隶属上海中共中央管，要问就问顾顺章好了。这样一来，谷正伦对“周先生”更加关注了。在谷正伦看来，由中共中央直接管辖，连南京市军委书记都不知道的“周先生”，肯定身负不可告人的秘密，因此，他下定决心，一定要抓住这个人。

在这之后，王善堂被捕。谷正伦不死心，心想，中共纪律严明，南京市军委书记不知道谁是“周先生”，不一定市委书记不知道。市委书记是南京地下党的最高领导人，掌握着全市党组织的所有秘密，即使“周先生”归中共中央直接管辖，但毕竟“周先生”人在南京，在南京的地盘上，岂有南京顶级人物被蒙在鼓里之理？ 这样想来，谷正伦便抓住王善堂不放，要王善堂交代“周先生”的行踪。

王善堂说，他是中共南京的市委书记，日常由他处理的都是党内的大事。 再加上他的活动范围有限，为了不暴露身份，知道他的人不多。 换句话说，他直接接触的人并不多。 因此，对于组织内部执行某个具体任务的人，比如“周先生”，他仅仅是听说过，其他情况一概不知。

谷正伦派手下的人穷追不舍，最终也没有从王善堂那里打听到“周先生”的下落。

为此，谷正伦深感好奇，心想，这个“周先生”究竟是什么人呢？竟让他花费了这么多心思，历时数月，也没有寻觅到一点蛛丝马迹！

又过了一些日子，李昌祉发现机会来临。 这个机会是敌方提供的。 敌方从王善堂那里拿到党员名单后，迅速在全市开展了大搜捕。待到他们认为南京城内城外的共党该抓的都抓了，便通过叛徒提供的线索，把手臂伸向了外地。

在这里，要说到一个人，他叫徐德文，曾用名“徐德”。 1905 年出生于安徽寿县。 1922 年考入上海大学社会科学系，同年加入中国共产党。 1925 年赴苏联莫斯科学习。 1927 年回国。 1931 年受中共中央派遣到江苏省委工作，后调至中共长淮特委搞军运。 1932 年初，江苏省委为配合第四次反“围剿”，支援鄂豫皖苏区的斗争，要求中共长淮特委和盱眙县委在西高庙等地举行农民武装起义，并组建盱眙红军游击队。 同年 2 月，徐德文以江苏省委军事特派员的身份，和中共江苏省委农运特派员武飞，一起到盱眙担任武装起义的领导工作。 武飞兼任盱眙县委书记。 徐德文任起义总指挥部参谋长。

王善堂是在徐德文从江西苏区调至江苏省委工作时认识他的。 后来，王善堂知道徐德文去了长淮特委工作，并得知长淮特委和盱眙县委近期正在筹划西高庙等地的武装起义。当王善堂把这个绝密情报提供给敌人时，立即引起了国民党中央高层的震惊！要知道，南京离盱眙只有一百三十多千米，也就是说，中共竟然在他们的眼皮子底下准备进行武装起义，并且还要建立红军游击队，这还了得?！如果让中共得逞，今后日子怎么过，还有什么安全感可谈？到时候，人家游击队想到南京来，换上便衣，稍作化装，把短枪掖到腰上，就可以三三两两地摸进城，搅得你不得安宁！后来南京的《中央日报》刊文，其中有这样的话，“危如累卵”“风鹤频惊”。可见中共在盱眙革命力量的发展，对国民党政府构成了多么大的威胁！所以，敌人从王善堂那里得到情报后，迅速集结部队，由国民党中央直接派遣了骑兵第十一旅、安徽省政府派遣了警备独立旅、独立团和水警大队，从明光向盱眙水陆并进，企图将那里的共党一网打尽！

这样一来，敌人把注意力集中到了盱眙，南京便有了风暴过后相对的短暂平静。敏锐的李昌祉及时捕捉到了这个变化，他觉得机会来了，于是，立即与李名熙取得了联系。

李昌祉计算过，只要抓紧时间，完全有可能在敌人的注意力调转方向折回南京之前，打个时间差，把武器装备搞到手！

2. 该出手时就出手

1906年，李昌祉出生于湖南省嘉禾县石马村。那时候，李昌祉的父亲体弱多病，每天虽然也下地干活，但劳动能力远不如左邻右舍，人家一天干完的活，他要干两到三天。这样一来，收成自然就少。地里收得少了，甚至连吃饭都成了问题，时常吃了上顿，没了下顿，肚子里叽叽咕咕叫唤是常有的事。大人还好说，能忍就忍了，可孩子小，饿了就哭就喊，嗓子都哑了，闹个不停。没办法，李昌祉的父母狠狠心，就把他过继给了他的叔父李丙和做儿子。

李昌祉的叔父家里条件好多了，不仅让他吃上饭，到了上学的年龄，还能供他读私塾。李昌祉自小就知道读书不易，所以学习非常勤奋。因功课不好挨私塾先生打板子的事，从来轮不到他。

十八岁那年，李昌祉考入县立甲种师范学校。

1925年，全国的革命浪潮汹涌澎湃、波澜壮阔，嘉禾县也不例外，由唐朝英、黄益善等共产党员发起和建立的工会、农会和各种社团，如同雨后春笋；群众运动开展得如火如荼。正在县城读书的李昌祉深受革命浪潮影响，积极参加了由同学兼好友李韶九组织的新文化剧团，并很快成了校园内开展进步活动的骨干分子。

盛夏的一天，李韶九找到李昌祉，对他说："斗争土豪劣绅，你敢不敢？"

李昌祉回答得十分肯定而又坚决。

李昌祉说："干革命，有什么不敢的！"

李韶九说："你可要想清楚了啊，这回斗争的是湘军师长李云杰的叔叔，县里的团防总局副局长！"

李昌祉说："你是说李佐廷啊。这个家伙作恶多端，迫害进步人士，早就该狠狠斗一斗，打掉他的威风了！"

李韶九说："那就说定了，马上召开由全县十二万民众参加的斗争会，斗争李佐廷，到时候你打头炮！"

李昌祉拍了拍胸脯说："你就放心吧，看我的！"

过了几日，中共嘉禾县党组织在丰和圩举行集会。当主持人黄益善宣布斗争恶霸土豪李佐廷的大会开始时，李昌祉第一个走上台，给押在台前的李佐廷戴上了一顶纸糊的高帽子。李昌祉挥动着拳头对台下的人们大声说："农友们，李佐廷是个欺压百姓、十恶不赦的大坏蛋！大家不要怕他。如今有共产党的领导，穷人组织起来啦，今天，我们要把他打翻在地，再踏上一只脚！"

群众见此情形，胆子壮了起来，纷纷上台控诉李佐廷的罪行！

对李佐廷的斗争到此并未结束。1927年，大革命失败，已是中共党员的李昌祉从北伐军中退役回乡，在县立第一高等小学担任体育教员。在此期间，李昌祉参与了《嘉禾民报》的编辑工作，并利用舆论阵地，不断揭露李佐廷的罪行。此外，李昌祉寻找机会，做通“国民党党员登记处”主任的工作，由该机构出面，将李佐廷开除出了国民党。

李佐廷斗不过李昌祉，以至于连连受挫，最终气急败坏，大病一场，不多久，便命归黄泉……

熟悉李昌祉的人都说，李昌祉干脆利索，凡是认准的事，该出手时就出手，雷厉风行，决不含糊！

那天，当李昌祉意识到机会来临时，便当机立断，毫不犹豫地与李名熙取得了联系。

李名熙见到李昌祉，很是吃惊，说：“你不是千叮咛万嘱咐，要我务必不要行动，暂时把那件事停下来，看看风声再说吗？可是……”

李昌祉说：“情况有了变化。”然后，李昌祉就把他打听到的消息告诉了李名熙。

接着，李昌祉说：“我们都是军人。想必你和我都读过孙子兵法。《孙子·谋攻篇》中说：‘知彼知己，百战不殆；不知彼而知己，一胜一负；不知彼不知己，每战必殆。’意思是说，在军事纷争中，既了解敌人，又了解自己，百战都不会失败；不了解敌人而只了解自己，胜败的可能性各半；既不了解敌人，又不了解自己，那只有每战必败的份儿了。现在的情况是，南京军警的注意力大多转移到盱眙，转机出现，该到我们出手的时候了。事不宜迟，立即行动！”

听李昌祉这么说，李名熙觉得他分析得对，积极性如同喷泉，一下子喷发出来。李名熙说：“那就按原计划进行，下午我就去仓库找人。”

李昌祉提醒道：“要注意方式方法。说话要有分寸，让对方意识到你要做什么就行了，千万不要小巷子里扛竹竿——直来直去，要留有余地。”

见李名熙答应了，两人才分手。

当李昌祉再次见到李名熙时，发现他情绪不高，显得很生气的样子。李昌祉心里“咯噔”了一下，以为李名熙与仓库的那个人联系，对方不愿帮忙，遭到了拒绝。于是，李昌祉便关心地问：“情况怎么样？”

李名熙愤愤地说：“这个家伙，平日里处得不错，还是朋友呢，怎么这个样子！”

李昌祉问：“谈得不顺？”

李名熙说：“我跟他说了来意，他听了，不说行，也不说不行，只是嗯嗯地应付了两声，就绕开话题，谈别的了。”

李昌祉问：“谈了什么？”

李名熙说：“尽谈些家长里短。说物价上涨，上个月的大米与这几天的，价钱就不一样了，贵了许多；说孩子小，老婆奶水少，不够娃吃的，想买奶粉调剂，又买不起；说老婆经常抱怨他拿钱少，动不动就当他的面踢小板凳，发泄不满……你看看，这不是拐弯抹角地伸手要钱吗？！”

李名熙又说道：“世风日下，人心不古。我们是同乡，又是同学，相处不止一年两年了。原以为我跟他说了请他帮忙的事，他会为朋友两肋插刀，毫不犹豫地一口答应呢，谁知道，竟跟我谈起钱来了！是做买卖吗？”

李名熙接着说：“想当年，我们在学校读书时，他父亲做生意遭人算计，亏了很多钱，家境渐渐败落，后来竟连上学的费用都交不起。最困难的时候，还是我接济了他。”原来是李名熙跟家里要了一些钱，替他交了学费，他才得以完成学业……没想到这家伙这么不够意思，明明能办的事情，偏偏不提，跟你绕弯子、玩心眼儿，真是掉到钱眼里去了！

听李名熙这么说，李昌祉心里有数了。李昌祉意识到对方不过是想通过这件事跟李名熙做笔交易，从中得到一点实惠而已。因此，李昌祉反而放心了。李昌祉心想，既然对方要钱，就说明他有条件也有能力把事情办妥。钱是用来作为交换的筹码。在当今社会，把物质利益放在第一位的人不少，很正常。

这样想来，李昌祉便宽慰李名熙，让他不要生气，想开一些。林子大了，什么鸟都有。不就是想弄点钱吗？人生在世，总离不开吃呀喝呀的。物价上涨，情有可原。

接下来，李昌祉问李名熙："那人没说他想要多少钱？"

李名熙说："他没有明说。"

李名熙又说道："估计伸手要得不会太多。不就是家庭生活拮据一些，想把日子过得好一些吗？又不是买房子、置地！"

李昌祉想了想说："既然这样，这两天你先不要跟他联系，我考虑考虑，然后我们再商定下一步怎么办。"

凭着直觉，尽管李昌祉觉得这件事可以办，但出于谨慎，他还是将情况向"蓝芳小姐"做了汇报。

李昌祉是在澡堂与"蓝芳小姐"见面的。

20 世纪 30 年代的南京，大街上经营着一些澡堂。就跟现今的人们到洗浴中心消费一样，那个年代到澡堂洗澡，不光是洗浴，也是一种生活享受。进了澡堂，讲究的是泡澡，在热气腾腾的大池子里，把身子浸到热水里，一直泡到筋骨疏松，全身快要散了架，才爬出池子，开始搓背，接着打肥皂，然后进行冲洗……等洗好了，回到大堂，躺在躺椅上，朝店里的伙计一挥手，伙计便隔着老远一边喊着"来喽"，一边扔过来一条热乎乎的拧紧了的毛巾。你接过毛巾擦把脸，脸上的汗就收了。这会儿，什么叫作享受，什么叫作惬意，就全都有了！

眼下，李昌祉和"蓝芳小姐"正在澡堂的大澡池子里泡澡。他们不是来享受的，而是借这样的环境掩护来谈工作。大澡池里热气腾腾，相隔不远，人就被水蒸气模糊了。这样正适合李昌祉与"蓝芳小姐”说事。于是，他们两人紧挨着，把身子浸泡在热水里，将热毛巾顶在头上，只露出半张脸，然后小声地说着悄悄话。

李昌祉把李名熙与仓库的那个人见面的情况简要地向“蓝芳小姐”说了，并说了自己的意见。李昌祉说：“我认为，在这件事的处理上，能用钱解决问题，不失为一个较好的方式。”

“蓝芳小姐”表示赞同。

“蓝芳小姐”说：“付钱不光是一种交易，也是一种潜在的封口费。对方只要收下钱，今后就会对这件事守口如瓶。”

接着，“蓝芳小姐”说：“这件事就这么定了，钱由我来解决。”

就在李昌祉和李名熙开始行动，为搞到武器装备，与军火仓库的那个管理员频繁打交道时，原本相对平静的南京风云突变，又发生了一件大事：李耘生被捕了！

李耘生是中共南京市特委书记。

1931 年底，中共江苏省委决定成立南京市特委，由李耘生负责南京及附近地区各县党的工作和武装工作。在此之前，具体地说，也就是 1928 年 2 月，李耘生由中共湖北武昌市委书记调任中共南京市委书记，化名李立章。同年 4 月 30 日，一个名叫王复元的人，向敌人指认了李耘生。

王复元是中共历史上因贪污腐败而被开除出党的第一人。这个人 1922 年加入共产党，在担任山东青岛党组织负责人期间，曾与时任青岛团地委书记兼组织部部长的李耘生在工作上有过交集。1928 年，王复元因贪污党的活动经费被开除党籍后，便对共产党怀恨在心，即发表“反共宣言”，卖身投靠国民党，成了国民党的“捕共队长”。后来王复元来到南京，在国民党中央党校任干事。这一天，王复元在《时事新报》的大门口，无意中发现了李耘生，便向敌人告了密。随后，李耘生以“共产党嫌疑犯”的罪名被捕，判刑十个月，关押于南京老虎桥“第一模范监狱”。刑满出狱后，经党组织安排，李耘生往来于上海、南京之间，从事铁路工人运动工作。1931年2月，再次来到南京的李耘生先是担任市委副书记兼组织部长，后作为特委书记，为党开展了大量的工作。

叛徒对革命造成的危害极大。1928年李耘生被捕，是由于王复元叛变；1932年4月，李耘生的再次被捕，则与王善堂变节有关。一年前，王善堂受党组织委派，担任中共南京市委书记，李耘生是副书记兼组织部部长。王善堂投敌，供出李耘生。过后，敌人一直没有放松对李耘生的追捕与缉拿。

李耘生在担任南京特委书记期间，曾在国民党宪兵队、警卫队和其他机关中秘密培养先进分子，甚至在国民党中央电台机关中建立了中共党支部。说来，那时候在隐蔽战线开展活动多是单线联系，且李耘生与李昌祉并没有直接的接触；但毕竟李耘生是南京市特委书记，他与打入敌人内部的地下党有过工作关系，因此，他的被捕，增加了变数，极有可能对李昌祉产生一定的影响。多年从事地下工作的经历，让李昌祉特别谨慎。

在得知李耘生被捕的消息后，李昌祉一度想停下已经着手进行的搞武器装备的行动，后来他很快放弃了那个打算。李昌祉意识到，如果这个时候停下来，以后再动手的机会就更少了。李耘生被捕，敌人在盱眙折腾一番过后，势必很快将注意力转移到南京市区。届时，在敌人戒备森严的情况下，即使行动，成功的概率也将大打折扣！于是，李昌祉决定在敌人抓住李耘生，还没来得及布局下一步行动前，抓住机会，加快步伐，争取走在敌人的前面，把该完成的那个任务完成！

那些日子，李昌祉和李名熙特别忙。

他们两人各有分工：李昌祉负责外围的工作，四处打探消息，尽可能地为正在进行中的行动消除隐患；李名熙则紧锣密鼓地与仓库的那个管理员进行交涉。

还好，经打听，李昌祉得知李耘生的被捕没有波及其他人，这说明李耘生身在狱中，不屈不挠，与敌人进行斗争。

李名熙把钱付给仓库的那个人后，那个人的态度一下子变得积极起来。为了确保安全，在李名熙的帮助下，那个人挖空心思造假，往入库的物资登记册中塞了一些不存在的数据，然后把库存的部分已作报废的武器装备重复登记。总之，他们要做的，是把本来就浑的水蹚得更浑，以便从中浑水摸鱼！

很快，李昌祉和李名熙的行动有了结果，他们不仅搞到了枪支弹药，还弄到了通信器材。这让他们喜出望外。要知道，在那个年代，电台等通信器材对于红军而言，是多么稀罕的宝贝啊！

3. 路在何方

说李昌祉已把武器装备搞定，尚为时过早，因为那批物资还在国民党的军用仓库里，虽然仓库的登记册上，已经白纸黑字地标明出库，但这么多的枪支弹药往哪里运，对于李昌祉来说，成了一个很大的问题。

的确，早在行动之前，李昌祉就制订了详细的计划。在李昌祉的计划中，一旦这批武器装备得手，他便以最快的速度把它们运走。至于怎么运，往哪运，李昌祉都有安排。

可是情况发生了变化。

最大的变化，一是王善堂叛变，出卖了中共长淮特委和盱眙县委在西高庙等地举行农民武装起义，以及随后组建盱眙红军游击队的机密。这样一来，引起了国民党高层的警觉，敌人意识到，在他们的眼皮子底下，竟有共党的武装活动，这还了得？由此，国民党政府一边出兵镇压，一边抓紧了对部队及武器装备的监管。二是南京市特委书记李耘生被捕，又一次刺激了敌人的胃口，他们势必想乘胜追击，扩大战果，不断加快搜寻中共地下组织的步伐。

此时，对李昌祉来说非常关键。他心里清楚，一着不慎，就有可能前功尽弃，满盘皆输！

天已经黑了下来。

昏暗之中，李昌祉站在窗前。他已经在那里站了很久了。

妻子曹依兰走进屋，说：“怎么不开灯呢？”

见李昌祉不说话，曹依兰又说：“吃饭吧，饭都热了两遍了。”

李昌祉说：“你先吃吧。我不饿。”

曹依兰知道李昌祉在琢磨事情。近些日子他经常这样，对此她已经习惯了。因此，曹依兰不再说什么，就像她轻轻地走来那样，又轻轻地走了。

李昌祉仍旧站在窗前苦思冥想。仓库里的武器装备及通信器材如何处理，成了李昌祉的心病，让他吃不下饭，睡不好觉。

关键是时间耽搁不起。有时候，李昌祉甚至会产生错觉，恍惚中，他依稀听到很远的地方传来一种声音，那是派往盱眙的国民党部队，其中有马蹄声、汽车引擎声、队伍行进时的脚步声，以及军械磕碰发出的金属般的响声……再近一些，动静也不小。响声来自南京城，尤其是疾驶在大街小巷的警车，鸣笛声此起彼伏，特别刺耳，像是在嘶叫，催促着什么……

时不我待，必须争分夺秒！

那已是六年前的事了。

那时候，李昌祉作为一名黄埔军校的学员，参加了一次由教官组织的对抗训练。这种训练如果用现代军事术语来说，就是红、蓝两军对抗。

李昌祉所在的战斗分队，一开局就形势不利。对方在战术上略胜他们一筹，几乎是左右两侧连续进攻，打得他们防不胜防，节节败退。

当他们退到一个岔路口时，机会出现了。面对追兵，他们以一小部分兵力佯装大部队，沿着一条河谷，朝一片树林后撤，其余的人则伺机潜藏，躲过对方的“追杀”。按照原计划，等到追兵远去，他们将安全撤回营地。

然而，就在对方被部分兵力引走后，李昌祉向他们的分队长提出了不同意见。李昌祉说，仅仅是安全撤离，从两军对抗的意义上来讲，属于被动性质，等同于战败。因此，李昌祉强烈建议，不如抓住对方后方空虚的战机，出其不意，逆行而上，直捣对方老巢，端掉他们的作战指挥所！

分队长一开始不同意，认为好不容易摆脱追兵，此时能保存实力比什么都重要。俗话说，“留得青山在，不怕没柴烧”。等回到营地后，再想方设法伺机出击，到时候，力争扳回一局！可是他经不住李昌祉的说服。李昌祉非常执着，凡是他认准了的事，千方百计也要去做。李昌祉说，这是一个极好的机会，足以使我方事半功倍，一举扭转战局！李昌祉还说，在这个过程中，即使对方的追兵发现我方的意图，回头追撵，也来不及了。李昌祉说他仔细计算过，只要他们行动迅速，完全能够抢先对方八到十分钟的时间率先抵达对方的指挥所。要知道，在战场上，八到十分钟是个什么概念？那叫乌云盖顶，迅雷不及掩耳！后来，分队长同意了李昌祉的建议，带领小分队杀了一个回马枪，打了一场漂亮仗！

现在，李昌祉似乎又回到了当年的那种状况。他要是按兵不动，仍把武器装备放在对方的仓库里，可以说没有一点风险。即使上面来查，只要销毁登记簿，查不到后来做的账，就什么事都没有。可是如果那样，不仅白忙一场，而且任务也就半途而废了。所以，不安于现状的李昌祉一心想抓住时机，力争抢在敌人严控之前，把弄到的武器装备运走。

按照现今股民的话说，股票有了盈利，但只是在账面上，没有卖出，那叫“浮盈”，也就是说，那种盈利是暂时的，极有可能说没有就没有了；只有将盈利的股票卖了，落袋为安，那才是收获！

李昌祉眼下要做的，就是将“浮盈”变成货真价实的“盈”！

原先李昌祉计划搞到武器装备后，通过地下交通站，由专人护运，一站接一站地从南京转至江西。他的这个计划曾呈报“蓝芳小姐”，得到了批准。过后，虽然李昌祉没有问“蓝芳小姐”怎么把这批武器装备运走，但他相信组织的力量，相信地下党的各地交通站有这个运作能力。

可是情况发生了变化。1932 年初，京华印书馆党支部书记李向荣、军委交通员吴恕、军委书记路大奎，以及中共南京市委书记王善堂先后被捕叛变，他们向敌人供出了南京地下党的各级组织，自然也连带着供出了各地党的交通站。这样一来，南京大多数中共地下交通站被敌人先后摧毁，即使个别交通站幸免于难，随后也陷入了瘫痪的状态，以致李昌祉的计划不能够得以实施。

怎么办?

李昌祉经过考虑，想出了两个方案。

第一个方案是把搞到的武器装备运到上海，然后再由上海有关方面转运至江西。

李昌祉是这样考虑的——

1932 年 1 月 27 日，中国共产党中央委员会为武装保卫中国革命发出了紧急通知。该通知指出:“日本帝国主义占领了东三省，占领了热河，现在又想占领上海了。国民党除了不抵抗与投降之外，在日本帝国主义的威吓之下，现在更将采取积极步骤来对付全中国的反日民众了。”通知要求:“我们现在是处在生死存亡的紧急关头。我们只有一致团结起来，才能抵抗日本帝国主义以及其他帝国主义与国民党的联合进攻。”在此紧急情况下，“党应该动员无产阶级与一切劳苦群众给敌人的进攻以致命的打击。应该在‘总同盟罢工反对日本帝国主义占领上海’与‘民众自动武装保卫上海的劳苦群众与革命运动，反对日本帝国主义，反对国民党’，‘反对帝国主义、国民党共同压迫革命运动’的中心口号之下，进行最广大的运动”。

这个通知发出后，中共南京市委从这一年的2月开始，组织了一系列活动。比如，南京国民党军队中的中、下级军官和军官学校，以及由大、中学校学生组成的中国抗日义勇铁血军，连同救护队一行一百七十余人，开赴上海前线；比如，南京工界抗日救国会决定派运输队到上海前线参加运输工作；比如，南京市民将募集的二十万只麻袋送往前线，援助守卫吴淞的十九路军；再比如，由南京各界抗日团体组成的救护会派出经过训练的医生、药师、看护、担架人员、炊事人员等五十余人，赴淞沪战区工作；南京妇女救济会募得炒米四十担，并绣制“卫国铁军”旗帜一面，到上海慰问抗日军队，等等。

也就是说，自1932年2月以来的南京，有许多组织及人员分期分批地前往上海。他们不光去人，还带有各种物资。因此，这让李昌祉看到了机会。例如，李昌祉完全可以通过南京工界抗日救国会派往上海的运输队，把武器装备悄悄运走。李昌祉觉得，在抗日救国的旗帜下，面对大批人流公开涌向上海，国民党方面只能睁一只眼，闭一只眼，无法阻拦或干预。于是，安全运输的概率将大大提升。

不足之处在于，这批武器装备运抵上海后，怎么转往外地？上海是抗日前线，各地大量物资都往那里运送，这时候若是有枪支弹药从上海往外流出，显然难度极大。李昌祉请示过“蓝芳小姐”。上级认为运送这批武器装备本是中共江苏省委的事，若是因遇有困难，就把任务中途转交给上海及其他方面的党组织去完成，并非上策。

这样一来，这个方案便搁置下来。

那么，第二个方案是什么呢？

李昌祉把目光投向了盱眙。

前面介绍过徐德文。作为江苏省委军事特派员，他参与了盱眙西高庙等地武装起义的组织与领导工作，并担任了起义总指挥部的参谋长。在敌人已经警觉，开始关注盱眙地下党活动的时候，徐德文和他的战友们克服重重困难，仍然在1932年4月发动了起义。过后，起义部队被改编为盱眙工农红军游击大队，下设两个中队，六个分队，队员人数达三百余人，拥有长短枪近二百支。届时，由县委书记李桂五兼任大队长，徐德文兼任党代表、书记。

盱眙武装起义的成功，让地理位置相距不远的南京国民党当局大为震惊，很快派兵进行了“围剿”。可是已经燃起的熊熊烈焰岂能一下子就被扑灭？敌人越是凶猛，游击大队则越战越勇。他们利用熟悉的地形地物，不仅较好地隐蔽了自己，还找准机会不断反击，打得敌人防不胜防。以至于不到一个月的时间，盱眙红军游击队如同雨后春笋般茁壮成长，兵员和枪支分别增加了一倍，并拥有了九门洋炮！后经中共长淮特委呈报江苏省委、军委批准，将这支队伍正式改编为中国工农红军徐海蚌地区游击支队（师），下设两个大队（团），四个中队（营），十四个分队（连）。司令部设有警卫分队、便衣分队。武飞任司令员，李桂五任副司令员，徐德文任参谋长。

李昌祉心动了。毕竟盱眙离南京只有一百多千米，如果这时候李昌祉设法把搞到的武器装备运往那里，然后以盱眙作为中转站，再转向外地，应当说这个设想具有一定成功的可能性。李昌祉考虑过，即使是武器装备转到盱眙后，一时半会儿转移不到外地也无妨，最起码红军游击队可以使用它们，也算是物有所用吧！

许是受盱眙武装起义的启发，李昌祉还有一个备选方案，那就是把武器装备运到茅山。在李耘生担任中共南京市特委书记期间，由他负责的江宁、江浦、句容、溧水、溧阳一带地下党的活动风生水起，组建的茅山武装游击队虽然规模不大，人数和武器装备有限，但毕竟是有了一支武装队伍。这对李昌祉来说很重要。他想过，要是往盱眙运送武器装备受阻，可以考虑茅山。

然而，李昌祉筹划的第二个方案，仍旧没有获得上级批准。理由是，不论是盱眙还是茅山，都离南京太近。有句成语叫作“卧榻之侧，岂容他人鼾睡”，其意可以理解为，国民党当局对此不会放任不管，必想方设法进行“围剿”。如果把武器装备运往那里，一是会加重那里游击队的负担，毕竟他们的生存条件并不好。二是会引起敌人的重视，你想啊，竟然有人能够从南京将武器装备运给那里的游击队，将令他们多么地恐慌！他们能无动于衷吗？不，他们定会加大对那里游击队的“围剿”。三是把武器装备运进去容易，转出来则难。鉴于以上三点，这个方案仍不可行。

后来，盱眙红军游击支队的生存状况印证了上级判断的正确。1932 年 8 月 15 日，盱眙的红军部队在水冲港遇到敌人的围堵。战斗进行了一天一夜，虽然红军游击队多次打退了敌人的疯狂进攻，毙敌四十余人，但终因敌众我寡，遭受重创，伤亡严重。作战中，参谋长徐德文不幸壮烈牺牲，时年二十七岁。

当然，这已是后话。

在连续两个行动方案都不理想的情况下，李昌祉不得不重新考虑计划安排。

李昌祉把自己关在屋子里，一遍遍地分析敌情，一遍遍地进行新的设想。他把近段时间发生的每一件事仔仔细细做了梳理，意欲从某个微小的细节中发现可供运作的种种可能性；他试图避开思维的大道，剑走偏锋，让脑洞大开；他期望能够通过什么启发、想象，让自己“山重水复疑无路，柳暗花明又一村”……

把武器装备运出去的最佳途径是什么？

1932 年的春天，李昌祉遇到了巨大的智力挑战，他能够战胜自己吗？

4. 较　量

1931 年 2 月的一天，李耘生来到南京白下路，一边走，一边寻找门牌号。

李耘生要找的门牌号，是现今南京白下路 101 号。那里的“白下贫儿院”，即使是在当时，也很有名气。这不仅仅是因为“贫儿院”的所在地是清代上元县官府衙署，偌大的一个院子里光房屋就有一百七十多间，其中还不包括廊三十六间及其他附属建筑，远远看上去，非常壮观；还因为“白下贫儿院”是中华民国建立的第一所贫儿院，创办之初，孙中山一次拨给开办费八千元，并规定今后由江苏省长公署每月拨发两千元。与此同时，孙中山还兴致勃勃地为贫儿院亲笔题写了“开国纪念第一贫儿教养院”的院名。

李耘生是来贫儿院工作的。1931年2月，由于受到李立三错误思想路线的影响，南京地下党组织遭到严重破坏。中共江苏省委任命李耘生为南京市特委书记兼组织部部长，任务是恢复地下党的各级组织。在当时，李耘生需要一个公开的社会身份，于是，他通过应聘，作为一名历史教员，前往“白下贫儿院”报到。

接下来的日子里，李耘生在贫儿院一边用心教书，一边积极开展活动，在短短的时间内，就建立了十多个南京地下党支部，发展了近两百名党员，使党组织得到了一定的恢复。甚至，李耘生还在国民党中央机关无线电台以及他供职的“白下贫儿院”建立了中共的基层组织。

就在李耘生的事业风调雨顺、蒸蒸日上时，王善堂叛变了革命。因叛徒出卖，李耘生被捕。中共南京地下党面临着新的考验！

谷正伦之所以对李耘生感兴趣，是因为在这之前，被抓获的共党分子李向荣、吴恕、路大奎、王善堂纷纷变节，所以他以为李耘生也会重复“昨天的故事”，给自己履新的南京宪兵司令部司令一职锦上添花、再添业绩；还因为在此之前，虽然手上掌握了一些共党的归顺者，但他们十分无用，竟然连“周先生”是谁都不知道，这让谷正伦非常沮丧。在谷正伦看来，“周先生”隐藏得越深，越说明“周先生”对于共产党的作用大，同时也越说明“周先生”对他而言挑战性巨大。作为对手，他很佩服“周先生”，竟能在他挖地三尺、百般寻找的情况下，仍旧沉着冷静，雷打不动，把自己包裹得严严实实，在他的面前不露出一丁点破绽。现在抓到了李耘生，于是谷正伦把找到“周先生”的希望放到了他的身上，打算从他身上打开缺口，了结自己由来已久的一个心思。

但是无论对关押在南京宪兵司令部看守所的李耘生怎么审问，李耘生都不承认自己的身份。他说谷正伦抓错了人，他的名字叫“李涤尘”。在谷正伦看来，连自己的真实姓名都不愿提供的人，就更别说是配合他们交代同伙，供出所在组织，以及供出那个像影子般似有似无的“周先生”了。所以，谷正伦拿定主意，第一步要做的事，就是坐实了李耘生的身份，让他无话可说。

需要说明一下，那段时间，为了躲避敌人的抓捕和避免发生意外，李耘生和同为中共地下组织的妻子章蕴并不住在南京市水佐岗3号他的家里。他们夫妻俩分别借宿在外，家中仅留下四岁的儿子小宁和他的姑姑李玉梅。所以，李耘生被捕后，敌人在短时间内尚未找到他的住所，查不到他的身份。

还需要说明的是，叛徒王善堂出卖了李耘生，仅仅是让敌人知道了中共在南京除了有市委，还有个特委，特委书记是李耘生。于是敌人四处展开秘密搜捕，企图抓获李耘生这个人。之后，句容特支和溧阳特支先后遭到敌人的破坏，包括书记狄超白等多人被捕。在这种情况下，李耘生本有机会离开南京，但他选择了继续留下来处理善后工作，以至于身陷囹圄。幸运的是，虽有叛徒出卖，但敌人需要拿到李耘生的共党证据。

谷正伦毕竟阴险狡诈、诡计多端，很快，他就想出了一个主意……

李耘生于1924年2月加入中国共产党。

作为一名职业革命者，李耘生先后在济南、青岛、武汉、南京等地活动，多次组织和领导过工人罢工运动，曾经得到中共中央长江局书记罗亦农的高度评价，认为他是一个“得力的干部”。

1928 年春，李耘生受党的委派来到南京，无意中遇到了在国民党中央党校担任干事的叛徒王复元。后因王复元告密，李耘生被捕。敌人审讯了他多次，因拿不出可靠的证据，最后把他当作嫌疑犯，判了十个月的有期徒刑。那时候，李耘生被关在南京老虎桥附近的江苏省第一模范监狱。在狱中，他用了大量时间阅读了妻子章蕴冒着生命危险送来的一些历史书籍，并坚持每天写日记。放风时，他与难友们谈天说地，相互鼓励，充满了革命的乐观主义精神。更为幸运的是，他在狱中遇到了曾在上海党中央机关工作过的党员王井东，后来通过他与党组织接上了关系。

有了那一次被捕经历，李耘生对再一次坐牢已不陌生。他想好了，只要一口咬定自己不是李耘生，对方拿不出证据来，就拿他没有办法。

谷正伦也有类似的想法，他要拿到证据，证明李耘生是共产党，这样李耘生就无话可说，首先在心理上输他一筹。接下来，只要他谷正伦一鼓作气，乘胜追击，最终撬开李耘生的嘴巴，掏出他所需要的秘密，将有很大的希望!

于是，谷正伦施展了绝招。他派手下的人四处打探，终于找到了位于水佐岗 3 号的李耘生的家。敌人从李耘生家里抓走了他四岁的儿子李小宁。

李小宁已经多日没有见到爸爸了，在他有限的记忆里，爸爸总是在忙。有时候偶尔回一趟家，待不了多长时间，就要走。李小宁很想跟爸爸说说话，或是玩一玩，可是这样的机会很少。

在李小宁看来，周围邻居家的孩子都是和爸爸妈妈住在一起的，他却是个例外。他和姑姑李玉梅住。李小宁曾不止一次地问姑姑，为什么爸爸妈妈总是忙，顾不上回家呀? 姑姑告诉他，爸爸妈妈在忙大事，等到他们忙完了，就可以回家，天天和小宁在一起了。

这一天，一伙穷凶极恶的坏人闯入家门，要把李小宁抓走。姑姑不让，坏人就打姑姑。李小宁吓哭了。那伙坏人说：“哭什么？我们带你去见你爸爸！”李小宁听说能见到爸爸，就不再挣扎和反抗，也不再哭了。李小宁只有四岁，并且他已经很多天没有见到爸爸，他实在太想爸爸了！

后来，这伙坏人就用车把李小宁带走了。这时候的李小宁还小，他根本不知道自己将面对的是怎样的人生险恶……

尽管李耘生之前坐过一次国民党的大牢，该经历过的，大多经历过了，这次被捕，他做了充分的思想准备，对各种可能出现的情况做了设想及应对的预案，其中包括敌人有可能会利用他的家人及亲情对他施压。但当他身在牢狱，戴着沉重的镣铐面对自己年仅四岁的可爱的儿子时，所有准备瞬间化为乌有。尤其是李小宁见到他时，挣脱敌人的束缚，奔跑着扑过来，双手紧紧地抓住牢狱的铁栏杆，大声地哭喊着“爸爸——”仅仅是这一声撕心裂肺的喊叫，就让李耘生泪流满面！

在儿子李小宁面前，李耘生必须是他的父亲！

于是，李耘生不再是“李涤尘”了，他不顾一切地扑上前去，隔着铁栏杆，抓住儿子的小手，喊了一声：“儿子，我的儿子！”

敌人见目的达到，即刻将李耘生和李小宁分开。至此，李耘生的身份已然确定，他就是敌人千方百计要抓捕的中共南京市特委书记！

事隔多年，我见到了一张照片，那是李耘生的全家福。

照片上，李耘生戴着一副眼镜，面带微笑的脸上透出文化人的儒雅和革命者的坚毅；紧挨着李耘生的是他的妻子章蕴，年轻漂亮，容貌清秀，怀里抱着一岁多的儿子李小宁。满满的幸福感，透过漫长的岁月，在我的目光中，仍旧是那么温馨、动人。

从这一家三口其乐融融的照片上，我们很难想象当年他们经历了怎样的刀光剑影、腥风血雨，经历了怎样的生死相依、骨肉分离。所以，当我们走进历史，感受到当年的革命者为了人民的自由与幸福，不惜抛头颅，洒热血，舍弃一切，包括亲情，那种心灵的震撼，竟如此地刻骨铭心!

也许是李小宁与父亲李耘生见到的最后一面，给幼小的他留下了不可磨灭的印记；也许是父亲的革命信念对儿子的成长影响至深，后来李小宁长大了，也成了一名共产党员。中华人民共和国成立初期，他赴苏联留学，事业有成，成为一名科学家，为我国核工业的发展做出了贡献。

这样的结果，不禁让人感到由衷地欣慰!

证实了李耘生的身份，谷正伦不禁面露喜色，得意扬扬。他以为李耘生也会像前几个被他抓获的共党分子一样，轻而易举地就举手投降，归顺了国民党，然后他就可以顺藤摸瓜，大有斩获；甚至可以通过此举挖出潜藏极深的“周先生”，以弥补他心中不小的遗憾!

但是谷正伦的算盘打错了，李耘生坚定的信仰、顽强的斗志，完全超出了他的想象……

5. 心中的秘密

不知怎么的，李昌祉发觉自己开始忆旧，时不时地去想过去的事。他想控制思绪的蔓延，却很难做到。于是李昌祉不禁有些着急，他心想，当务之急是想方设法把武器装备运出去，时间紧迫，恨不得一分钟当成十分钟用，哪有闲工夫走神呢?

可是，尽管这样，仍挡不住李昌祉的思绪信马由缰。他自己也觉得奇怪，为什么非要在这个时候见缝插针，把一些零星的陈年旧事翻出来呢?

那么，既然挡不住要去想，李昌祉只好顺其自然，由着它了。

李昌祉想起小时候他生活的湖南省嘉禾县石马村，离村不远的山上有一块巨大的石头，远远望去，形状像一匹狂奔而至、仰天长啸的骏马。据村里的老一辈人说，石马村正因这块巨石而得名。村里的孩子们常到山上玩，他们梦想着有一天，要是能爬到陡峭的山崖上，骑上石马，那该多威风啊！ 可是想归想，一般人却不敢去，因为那里是悬崖峭壁，巨石下是水流湍急的深潭！

一天，一群孩子打赌，说谁能爬上石崖骑上石马，谁就当孩子王。

那年李昌祉十二岁。只见他将衣服脱下，扔在地上，然后大喊一声："气沙格！"（当地的方言，意思是"看我的"）说着，李昌祉就往峭壁上攀登。只见他手攀足登，艰难地把自己一点一点地往天空托举，最终爬到了崖顶，骑在了石马的背上。从此，李昌祉成了石马村的"孩子王"！

李昌祉还想起他在县立甲种师范学校读书时，受到共产党人唐朝英、黄益善的影响，积极参加革命活动，成了学校革命活动的骨干分子。那时候，李昌祉作为由李韶九组织的新文化剧团的成员之一，经常和李慧校、李月枝等同学到丰和墟演出，表演打倒土豪劣绅的新剧，后来他们的剧照登在《嘉禾民报》上，在社会上产生了很大的影响。

每每斗争土豪恶霸，李昌祉总是冲锋在前。他给当地的土豪李佐廷戴上纸糊的高帽子游街示众；他还用自己擅长画画的特长，画了许多揭露嘉禾县县长何尊吾罪行的漫画，打击了对方的嚣张气焰……

后来革命遭受挫折，敌人疯狂反扑，形势急转直下。其间，李昌祉的两位老师李光藻、李阴棠被反动势力枪杀。李昌祉在同学雷源清家躲了几天，后见李佐廷带着手下十多个人，手里端着枪，到处寻找他，不得已，他便在李昌汉的父亲李光德的帮助下，逃往广州。临行前，李昌祉杀鸡起誓：从此献身革命，与反动势力势不两立，奋斗到底！

1927 年，大革命失败，当李昌祉以北伐退役军人、国民党党员的公开身份回到故乡嘉禾，在县立第一高等小学担任体育教员，继续从事革命工作时，他再次与土豪劣绅李佐廷相遇。李佐廷十分惊讶地对李昌祉说："当年你斗得我好苦，后来躲藏到哪里去了，害得我到处找也找不到！”李昌祉就笑。李昌祉说：“我这不是又回来了嘛！我们继续斗吧，看谁能斗得过谁！”

冥冥之中似乎有一只无形的手在扯动，当李昌祉正在想着这一段往事时，回忆突然中止了。李昌祉好像意识到什么，他以复盘的方式，重新检索了一下刚才的回忆，才发现竟是李佐廷所说的“躲藏”两个字起了作用！

是啊，躲藏，当年李昌祉正是通过躲藏才有了后来的机会考入黄埔军校，并在那里加入了中国共产党，然后再次回到故乡，重新站在李佐廷的面前……

那么，举一反三，眼下他不是也可以把那批枪支弹药和通信器材暂时藏起来吗？对，把它们藏起来，避开锋芒，等风头过后，再寻找机会，把这批物资运走！

一想到这，李昌祉开心地笑了。

满怀信心的谷正伦，加快了对李耘生审讯的速度。

可是接连几个回合下来，谷正伦才发现他面前的这个戴着眼镜，看起来文文静静的共党分子李耘生非同一般，是条汉子。也就是说，他软硬不吃。你跟他说好话，劝他投降，答应他归顺之后，既往不咎，一切给予优待，想当官给官当，要钱财更是没有话说。然而，他一口拒绝，竟连一点后路都不留。那么，你跟他来硬的，严刑拷打，打得他皮开肉绽，浑身是血，他索性连口都不开了。任你怎么审问，他一句话都不说。惹急了，他朝你瞪眼，喷一口血水……刑讯室的打手见状，要往死里打，被谷正伦制止住了。谷正伦说，人打死了，就什么也得不到了！

过后，谷正伦想了又想，决定故伎重演，让当了叛徒的前中共南京军委书记路大奎到狱中说服李耘生投诚。

路大奎很怕与李耘生见面。毕竟他成了叛徒，心虚得很。所以，路大奎见了李耘生，与其说是劝说对方，倒不如说是对方把他骂了个狗血喷头！

李耘生说：“你来干什么？ 你还有脸来吗？ 你知道自己做了什么？ 你连正义与邪恶、是与非都不分，还有什么做人的资格？ 你走，给我滚出去！”

路大奎知道他的背后有一双眼睛在盯着他，于是他低着头，像背书一样，慌里慌张地把要说的那些套话说了出来。 路大奎说：“何苦呢？ 跟着共产党干也好，归顺国民党也罢，不都是为了更好地生活吗？ 人活着，比什么都强！ 不要太死心眼了，想开一点吧……”路大奎说这些话时，声音越来越低，最后低得连他自己都快听不见了。

李耘生说：“人活着，是为了什么？ 难道仅仅是为了活着而活吗？如果那样，人与动物有什么区别！ 人之所以成为人，是因为有思想、有追求。 我信仰共产主义，追求的是社会进步，为劳苦大众谋取幸福。 我觉得，只有这样，活得才有意义，生命才有价值！”

路大奎见劝说不了李耘生，只好灰溜溜地走了……

好不容易抓住中共南京市的特委书记，却没有从他身上得到任何好处，尤其是没有得到哪怕是一丁点有关“周先生”的蛛丝马迹，谷正伦不禁万分沮丧，心里充满了挫败感。

李昌祉开始行动。

李昌祉在物色一处可以安放武器装备的地方。 他要求这个地方隐蔽性强，不引人注意。 那么，什么地方符合这个标准呢？

他想到了离南京市区不远的六合，那里的定山因有寒山峰、邓子峰、石人峰、芙蓉峰、妙高峰、双鸡峰，被当地老百姓用方言叫作“六合”，其地名由此而来。 有山，就好隐藏。 再加上那里的山不全是普通的山，山里有矿，矿产比较丰富。 据他所知，六合境内已探明的矿种有铁、铜、硼、蓝宝石、雨花玛瑙石、大理石、白云石、花岗岩石、石灰石、辉绿岩、铸型用红砂、建筑用黄砂、石英砂、膨润土、凹凸棒黏土等二十余种。你想啊，有矿，就有废弃的矿洞。若是找个旧矿洞，把武器装备运进去，不就可以藏起来了吗？

六合还有一座瓜埠山，那里有亿万年前火山喷发而成的石柱林，其中的石柱鬼斧神工，形态多样，甚至呈放射状，如同孔雀开屏。最高的石柱拔地而起，高达七十多米，十分壮观！

在李昌祉看来，把物资藏于瓜埠山，也不失为一种选择。

当然，不光是六合，江宁的汤山也很不错，那里离南京市区更近。汤山有山，最高峰是团子尖，高达近三百米。最难得的是山体由寒武系中上统厚层白云岩和奥陶系下统厚层灰岩、灰质白云岩等岩石组成。因此在汤山的北坡有溶洞，其中“葫芦洞”面积约三百平方米。

有溶洞，就可以藏武器装备。在李昌祉的设想中，汤山亦不失为一个适合隐藏秘密的好地方……

除了考虑南京附近的山，李昌祉还想到了南京的大企业，比如金陵兵工厂。

金陵兵工厂的前身是金陵机器制造局，始创于 1865 年。晚清时期，金陵机器制造局与同年创办的上海江南机器制造局、1866 年创办的福州船政局以及 1867 年创办的天津机器制造局齐名，是我国 19 世纪 60 年代洋务运动期间创办的四大兵工企业之一。

当时，金陵兵工厂位于南京中华门外。兵工厂下设机器厂、熟铁厂、翻砂厂、木工厂、火箭厂、火药厂、水雷厂等，工人数千。因为生产武器装备，李昌祉考虑到通过一定的渠道，只要把搞到手的那批物资藏于兵工厂的某个库房，一般人很难发现！

想到这些，李昌祉心里渐渐有了底，他有信心能把任务尽快完成好。

谷正伦对李耘生感到头痛，他心想，你不招供已经让人忍无可忍了，竟然还在狱中鼓动犯人发动绝食斗争。事实上，在谷正伦看来，能给犯人提供食物就已经很仁慈了，李耘生还嫌米发霉、菜烂了，还嫌克扣“囚粮”，甚至不许打骂和虐待“犯人”。这不是翻天了吗？

谷正伦便让手下人置之不理。

可是不理睬并非上策，李耘生带领犯人继续绝食。一天、两天可以，四天、五天……谷正伦就坚持不住了。一旦犯人饿死，他的责任就大了！于是，谷正伦不得不妥协，让手下的人答应李耘生提出的三个条件，让伙房在饭菜上加以改善。

过后，谷正伦很是恼火，他觉得自己竟然败在了被囚禁失去自由的李耘生手上，实在窝囊！这样想来，他就要对李耘生下毒手了。

1932 年的端午节前夕，谷正伦让手下的人对李耘生进行审讯，说是给他最后一次机会，不招供，就枪毙。李耘生当即回答：“要枪毙就枪毙，我没有什么考虑的。”弄得审讯者瞠目结舌，竟不知如何应对。

这一年的 6 月 8 日凌晨，李耘生被押上刑场。临刑前，一个执刑人假惺惺地走上前问道：“你还有什么遗嘱？要不要给家里写封信？”李耘生答：“我的家信早已经写好，遗嘱就是盼望亲人们与你们斗争到底！”那个执刑人听了气急败坏，连声大吼：“开枪！快开枪！”

随着一声枪响，年仅二十七岁的李耘生倒在了血泊里……

李昌祉终于神不知鬼不觉地把搞到手的枪支弹药和通信器材转移出仓库，然后藏了起来。至于他把它们藏到哪里了，只有极少数人知道，对他来说，这是绝密。

正因为是绝密，后人几乎无人知晓。他的老家湖南嘉禾县史志办公室的雷福宝同志曾经提供过一些材料，其中在“李昌祉传注释”中，特地注明材料来源于嘉禾公安局“昌祯自传”、新田公安局“文步血档案”、中组部“昌祉档案”。可见其资料的来源具有一定的权威性。但就连这些资料中，也没有透露李昌祉把搞到的武器装备藏到了哪里，仅仅是用了两个字“暗藏”。

在当时的情况下，李昌祉怎么可以让更多的人知道那批武器装备的下落呢？在共产党的隐秘战线上，像这样的情况肯定很多，是由那个特殊年代及那些特殊工作所决定的，如果弄得广而告之，谁都知道，还叫绝密吗?！所以，当我们走近那段历史的时候，也就不能苛求某些细节，非要弄清楚李昌祉究竟把武器装备藏在哪里了。总之，李昌祉把它们藏了起来。它们是安全的。敌人没有发现和找到它们。

在李昌祉不畏艰难，最终完成了上级交给他的搞到武器装备的任务之后，没过多少日子，李名熙由宪兵部队顺利地调到了国民党军八十七师通信营担任营长。有一种说法，说是李名熙的调动是李昌祉从中帮的忙；还有一种说法，是说李名熙自己找人办的调动。不管怎么说，李名熙在完成李昌祉交给他的任务后，换了个单位，眼下多多少少在与曾经历过的非同寻常的日子之间画了一道杠，于是心理上坦然了许多。

第五章 另一种说法

1. 关于武器装备

上述两个章节用了很多篇幅来写李昌祉是如何接受任务，然后如何通过李名熙搞到武器装备，并想方设法把它们暗藏起来的。这里面借用的许多资料由李昌祉的家乡湖南嘉禾县史志办公室提供，比如《解放军烈士传》第一卷之五、《劲草春华——记李昌祉烈士》的影印件，另外如《红军英雄传》等书，史料翔实，内容也比较丰富。

与此同时，关于李昌祉搞到武器装备的有关经历，另有一种版本，即来源于“蓝芳小姐”蓝文胜的家乡——湖北省武穴市史志办公室“武穴史志”。

两种说法各不相同，且都出自地方史志办，所以单方面取谁舍谁都不大合适。于是，考虑到当年隐蔽战线的特殊性，决定两种说法都需要写，这样可以在本书的内容上，为读者提供更多的参照。

下面是关于李昌祉搞到武器装备的另一种说法——

1932 年初的一天，蓝文胜家里来了两个人，一个是他的内兄朱启儒，一个是同乡郑美林。

蓝文胜吃惊地问：“你们怎么来啦？”

朱启儒说：“听说你在南京宪兵团当官，我们商量着，想找你办点事。”

郑美林没等蓝文胜回答，就抢着说：“这事你能办！”

蓝文胜问：“什么事？”

朱启儒嘿嘿一笑：“帮我们搞点武器弹药！”

这话说出来轻巧，可是你想啊，在 1932 年的南京，国民党政府所在地，要搞一些武器弹药，谈何容易！

说来话长。

蓝文胜的老家在湖北广济县（今湖北省武穴市），那里的土豪劣绅建有民团，因手中有枪，就更加为非作歹、气焰嚣张。他们欺负百姓如同家常便饭，动不动就把人抓起来关进土牢；对闹革命的农会干部以及共产党人恨之入骨，一旦抓住，必杀无疑。

朱启儒和郑美林分别是区苏维埃主席和县农会主席，他们在蓝家湾一带成立了鄂东游击队。在艰苦的环境中，游击队活动频繁，对当地的反动势力进行打击。但他们的打击往往力度不够，究其原因，主要是武器装备缺乏。游击队只有少量的枪支，平时以大刀、梭镖为主。而且，每每作战之后，弹药得不到补充，以致游击队员身上的子弹袋里，大多用干草填充，以迷惑敌人。这样一来，为游击队补充枪支弹药就成了当务之急。怎么办？在敌强我弱的情况下，从敌人手中夺取，难度太大。于是，他们想到了远在南京的蓝文胜。他们认为既然蓝文胜在国民党的宪兵部队当官，弄几十条枪、百十发子弹，应当不成问题。

蓝文胜听二位这么说，反倒沉默着说不出话来了。首先，蓝文胜不好给他们泼凉水。他们有着革命的热情，但长期地处山高水远、交通不便的家乡，信息渠道相对闭塞，不知道在南京搞到武器弹药有多难。其次，即使搞到武器，怎么运走？南京离湖北老家千里迢迢，途中险恶丛生，难度及安全系数都成问题。再次，从事党的地下工作有着严明的纪律，并非什么人找来让你帮忙，你就可以去干。尤其是搞武器弹药，这是一件大事。搞得不好，行动暴露，会连累到组织。于是，蓝文胜不急于回答，他需要时间考虑其可能性。

见蓝文胜不说话，朱启儒和郑美林相互看了看，不禁着急了，他们说："文胜，你说话啊！有什么说什么！"

蓝文胜说："让我考虑考虑，行吗？"

蓝文胜最终答应朱启儒和郑美林，为家乡的游击队搞一批枪支弹药。

他之所以答应，应当是在向上级汇报过后，得到组织认可，才开始行动的。

当时，蓝文胜在南京宪兵教练所当教官和区队长，以他的身份和所在单位的性质，不可能就地取材，搞到武器弹药。那么，他需要找人帮忙办理。找谁？考虑来考虑去，他想到了李昌祉。

蓝文胜生于1906年，从小酷爱学习，在乡下读过几年书。二十岁那年的年初，他离开家乡来到广州，考入黄埔军校，成为该校第五期学员。毕业后，蓝文胜随军参加了北伐战争。李昌祉是黄埔四期生。蓝文胜与李昌祉认识，原因在于两人是同学，且有过共同的经历。于是，1930年的早春，在蓝文胜为搞武器弹药想到李昌祉的时候，恰好李昌祉正在国民党军事委员会任少校科员。别看少校科员级别一般，但毕竟李昌祉任职的单位是国民党军事委员会，属于国民党军界最高机关；再加上李昌祉为人活络，平时爱交朋友，社交广泛，人缘关系特别好，蓝文胜觉得找他算是找对了人。

后来，蓝文胜是怎么找李昌祉商量的，其细节不得而知。但我们可以肯定，李昌祉答应了蓝文胜，愿意去做这件事。

当然，李昌祉答应蓝文胜帮他搞武器，也有前提：一是作为党的地下工作者，不是谁找他帮忙做某件事，就可以答应的。李昌祉所有的行动，必须向上级汇报，经组织同意，方可实施。二是他想到了一个人，这个人名叫王东扬，是李昌祉的同乡，在国民党军政部当军需。作为军政部的军需官，要想搞一些枪支弹药，这种可能性还是有的。因此，李昌祉参与了这件事。

很快，李昌祉打电话给王东扬，约他见面。

在20世纪30年代的南京，湖南人特别团结。许是身在异乡的原因，他们由陌生到熟悉，再到成为好友，条件无须很多，只要是老乡就行。老乡是通行证，持有这张通行证，相互之间的关系就近了，就有了亲近感，就可以在远离家乡的这片土地上，实现“条条大道通罗马”。

王东扬是个可以为老乡两肋插刀的人。他听说李昌祉想搞一些枪支弹药，只是问：“你搞那些玩意儿干什么？”李昌祉便说老家的人需要。老家近来“共匪游击队”活动猖獗，一个关系处得好的乡绅想拉队伍，组织民团。这不，听说他在南京军界供职，就找到了他。李昌祉说：“你是知道的，我是要面子的人。老家人以为我在军事委员会当差，就觉得不得了了，其实他们哪里懂得，我仅仅是机关的一个小小的少校科员。像我这样的芝麻官，在南京城，随便你往哪个旮旯抓一下，就能抓到一大把。但我不能这么说，我得装作无所不能的样子，为家乡尽可能地办点实事。所以，我就找到了你。谁让你是我的老乡呢？这事你不帮，谁帮？”王东扬听了，拍了拍胸脯，大大咧咧地说：“没问题！”

接下来，两个人就商量怎么办。

王东扬说：“我所在的军政部有一个长官，特别爱敛财。我曾经跟他下部队，遇见基层的一个营长，想通过他买官，弄个团副当当，这个长官立马来了兴趣。经过一番讨价还价，最后双方成功地进行了交易，他为那个营长提供了仕途晋升的便利，那个营长则付给了他一大笔钱！”

李昌祉说：“人为财死，鸟为食亡。这号人，只要给他钱，就能替你办事，就找他吧。”

有万能的“孔方兄”开道，这件原本难办的事就变得简单起来。王东扬找到那个长官，然后按李昌祉的说法，说是家乡的一个乡绅托他弄些枪支弹药，用于成立民团，保家护院。对方笑了笑，说如今办事难。言外之意，是要钱。有钱，就可以办事。

王东扬明白。

王东扬说：“当然，不难就不来找你了。”

接着，王东扬又说：“家乡的那个人说了，他可以拿钱买。”

对方听王东扬这么说，眼睛一亮，随后答应可以试一试。

说是试，其实结果可想而知，事情很快就办妥了。李昌祉通过蓝文胜弄了一些钱，让王东扬从那个长官手里“买”了一张批文，然后从军需部门名正言顺地合法购买了三十余支步枪、十箱子弹。

有了军政部的批文，这批枪支弹药便具有了合法性，运输也就不成问题了。但毕竟事关重大，为了避免运输途中出现差错，蓝文胜以回老家探望母亲为由，特向上峰请假，然后带着一名勤务兵，亲自押送这批枪支弹药回乡。

王东扬挺够哥们儿，他不知道李昌祉暗地里在为蓝文胜办事，以为枪支弹药是李昌祉替家乡的某个人弄的，索性好人做到底，通过关系，找来一辆军用卡车，让李昌祉把买到手的三十余支步枪、十箱子弹送往老家。

李昌祉自然感激不尽，他取出一沓钞票，说是一点心意，让王东扬收下。王东扬不要。王东扬说：“你是在骂我吗？我还是不是你的兄弟？是兄弟，你就把钱收起来！不过是举手之劳而已，办了这么一点点小事，你千万别当回事，那样我可承受不起！”

李昌祉见王东扬这样说，也就不客气了，说：“兄弟对我的好，我都记在心里了。今后若是有什么地方用得着我，招呼一声！”

有了车，一路上就方便多了。

从南京到湖北广济县大约五百千米的路程。如果按现在的交通条件，走高速，早上出发，下午就能抵达。但是在 20 世纪 30 年代，道路没有现在这么好。最好的路，是石子路，车开起来，扬起的尘土久久落不下来；差些的路，是乡村的土路，坑坑洼洼，车在这样的路上开，像小船荡在水上，起起伏伏，摇摇晃晃，如果人坐在车上一个时辰，浑身的骨头颠得就像散了架。最困难的是有时候走着走着路就断了，有的是被洪水冲垮无人修理，有的是山体塌方乱石挡道……总之，蓝文胜一路上历尽艰辛，等到风尘仆仆地赶到广济县时，人竟然消瘦了好多，挥之不去的，是满脸的疲惫。

卸下枪支弹药，蓝文胜与朱启儒、郑美林见了一面，然后准备回老屋看望母亲及家人，接下来打算赶路，返回南京。毕竟路途遥远，来来回回，在路上要耗费很多的时间。

朱启儒说：“你既然来了，不妨多住几天。”

蓝文胜说：“该办的事，办了；也见到了你们。我这趟来，带着车，还带着勤务兵，不便久留。”

朱启儒说：“正因为你带车带着个人，我们才想留下你。”

见朱启儒话里有话，蓝文胜便问：“莫非有什么事？”

朱启儒说：“当然有了。”

接着，朱启儒和郑美林便把他们打算留蓝文胜一两天的想法说了。

事情是这样的：前些日子，广济县的县长指令民团陆陆续续抓了十多名区、乡的党员干部，把他们关在县城的监狱里。县长扬言，要把他们这些“犯上作乱”的共党分子统统枪毙！

蓝文胜听了，便知朱启儒和郑美林留他的用意了。

于是，蓝文胜问：“现在那些被关押的人情况怎么样？”

朱启儒说：“好在敌人一时半会儿弄不清他们的身份，他们便一个个喊冤，说民团抓错了，他们都是安分守己的农民，要求放人。”

朱启儒接着说：“敌人哪里肯信，正抓紧时间对他们进行审问。”

蓝文胜说：“这样吧，我有个同学，在县党部当书记长。我找他试试，看能不能把人放了。”

随后，蓝文胜带着勤务兵，乘坐军用大卡车威风凛凛地来到县党部，拜会了他的老同学。

那个老同学虽然身为县党部的书记长，然而毕竟是个县一级的芝麻官，没见过多大的世面。当他得知蓝文胜是南京来的，在首都宪兵司令部任职，腰自然弯曲了许多，说话的语调也与以往不大一样了。他把蓝文胜看成了京城来的大官，心想，今后还要仰仗这位老同学，在他的上级面前多多美言几句。于是，对于蓝文胜的话，他不仅认真地听，还坚决照办。

蓝文胜是何等聪明的人啊，闲聊中，当他得知这位县党部书记长和县长一直不合，平时两个人就尿不到一个壶里，便暗中挑拨，说县长如何不好，抓了那么多无辜的老百姓，影响很大。这事要是传到上面去，对他这个书记长绝对有害无利。

对方一听，急了，问：“您有何高见，请指点迷津。”

蓝文胜趁机说道：“这还不好办吗？赶紧把人放了，不就完了嘛！”

接着，蓝文胜又说：“你是国民党县党部的书记长。县长是不是国民党党员？ 是党员，就得听县党部的！”

那个老同学听了连连点头，过后，他立即找到县长，打着南京来人的旗号，不管对方同意与否，就把人全部给放了！

关于蓝文胜为家乡党组织做的这件好事，几十年过去了，至今仍然作为革命传统教育的经典，在当地群众中广为流传。

2. 关于“蓝芳小姐”(之一)

在现存资料中，对于代号为“蓝芳小姐”的蓝文胜的一段个人历史，说法不一。

一种说法是：1930 年的夏天，党内出现了以李立三为首的“左”倾错误思想。 同年 6 月 11 日召开的党中央代表大会，通过了《新的革命高潮与一省或几省的首先胜利》的决议。 那个时候的中共中央，要求仅有二十多名党员的国民党南京军事系统中的党组织也要举行暴动。 在这种背景下，组织上安排已在上海国民党警备师担任营长的李昌祉辞去职务，利用熟人关系，打入南京国民党部队内部，伺机实行南京暴动。

李昌祉以“周先生”为联络代号来到南京，跟他接头的那个人便是“蓝芳小姐”蓝文胜。

其中有一个公开出版的资料上是这样写的：“这天，他一副学生打扮，右手拿着报纸卷成的筒（联络暗号），朝着湖南旅京会馆走去。会馆位于南京市区的一条巷子里，面积有一万多平方米，楼阁亭榭相连，是当年湘军头子曾国藩打败太平天国，攻占南京后修建的。 虽然经历了半个多世纪，但这里的热闹景况一如往日。 李昌祉来到戏台旁边，装着观看当年曾国藩手书的一副金字对联，眼睛却在注视来往行人。 这时，只见一位身穿宪兵服、佩戴上尉衔的军官朝他缓缓走来。”

接下来，资料上写道：“这人个子不高，脸较瘦黑，但两眼炯炯有神。 他已观察李昌祉半个小时了。 只见他走到李昌祉跟前，用湖北口音问道：‘你是从上海来的周先生吧？’李昌祉机警地回头一看，按规定的暗语回答说：'不，我姓李，表弟姓周，我来看我的表妹蓝小姐。''真巧！蓝小姐就是我们团副的妹子，派我来接你的，走吧！'这人就是潜伏在敌人宪兵第四团的中共南京军委书记蓝文胜，代号'蓝芳小姐'，负责南京区国民党军队中的党组织工作。李昌祉就是来协助他工作的。两人接头后，蓝文胜将一封密信交给了李昌祉，并告诉他组织已安排他到南京高级军校工作。"

从上述资料来看，蓝文胜在李昌祉来到南京时，已是"中共南京市军委书记"，而"李昌祉就是来协助他工作的"。也就是说，蓝文胜是李昌祉的上线，即直接领导人。

另一种说法是：1926 年初，蓝文胜离开家乡湖北广济县，考入了黄埔军校第五期。同年，随军参加北伐。当北伐军攻克武汉后，蓝文胜被编入了新成立的中央军事政治学校武汉分校。在那段时间里，蓝文胜作为分校学员，有机会接受了邓演达、恽代英等革命师长的教诲，并于 1927 年 1 月聆听了毛泽东关于湖南农民运动的演讲。同年，蓝文胜加入了中国共产党。

有一则资料中说："'四一二'反革命政变后，汪精卫撕破了'左'派的伪装，在武汉开始了清共。蓝文胜因未参加毕业生的反共宣誓，与驻鄂黄埔学生一起参加了讨蒋活动，因此遭到了追查。同年秋天他回到家乡，那时广济革命也已转入低潮。他在乡下无法存身，便通过同乡的帮助，打入唐生智部队，当下级军官……蓝文胜离开唐部后进入南京军官研究班，嗣后他在宪兵教练所当上了教官和区队长。"

接着，资料中说，这时候的蓝文胜与党组织失去了联系……

你看，这两种说法，区别多么大！

若用最简单的方法，即在网上搜索，当你打出"李昌祉"这三个字时，得到的关于"蓝芳小姐"蓝文胜的信息，基本上都是前一种说法；而打出"蓝文胜"三个字，得到的却是后一种说法。两种说法大相径庭。

更为难辨的是，这两种说法分别以李昌祉与蓝文胜家乡的史志办为主。史志办是地方党政机关专门从事搜集、整理和研究党史、地方志的部门，那么多人工作了那么多年，应当说，得到的有关李昌祉及蓝文胜的历史资料都是有出处的。现在，在关于蓝文胜的个人资料上，出现了两种不同的说法，仍旧是蓝文胜所处的那个年代和从事的特殊工作造成的。实际上，回望当年，正是因为历史上给现今留下了许多不够清晰的画面，所以才需要我们去更好地发掘、对比、整理、研究，以便尽可能走近那些日子，撩开蒙在岁月深处的面纱……

鉴于此，若是轻易地摒弃某一种说法，都是对历史的不负责任。

在这之前的内容，写的是蓝文胜个人历史的一个版本，生活中的蓝文胜则略有不同。

1928年的夏天，有着火炉之称的南京显得格外炎热。市民们几乎一整夜都在户外睡觉，或搭床，或铺一张床板，或索性在地上铺一张凉席。无论是大人还是孩子，无论是男人还是女人，大多如此。否则，热得根本难以入睡。

蓝文胜是军人，在宪兵教练所当教官，自然不能像老百姓那么随便，他必须睡在屋里。虽然是晚上，屋子里仍旧很热，像是蒸笼，热得人即使不动身上也直冒汗，汗珠不时顺着脊梁往下滚落。蓝文胜赤膊，有了汗，就用毛巾擦，然后继续用芭蕉扇子扇风。

在这样的情况下，蓝文胜睡意全无。他躺了一会儿，席子湿了，尽是汗，于是坐在床上发呆。近段时间，他心情不大好，烦躁。越是烦躁，就越是感觉到热。但他没有办法，控制不了。

蓝文胜之所以烦躁，是因为与党组织失去了联系。1927年大革命失败后，共产党在武汉遭到了清洗。蓝文胜待不下去，逃离武汉，于这一年的秋天回到了家乡湖北广济县。

那时候，和全国的形势一样，蓝文胜的老家湖北广济县也是乌云压顶、遮天蔽日，革命迅速转入了低潮。由于有人知道蓝文胜考入黄埔军校，参加过北伐，追求进步，属于热血青年，便你传我，我传你，不多时，村里村外的人大多知道了，并传言他是被官府捉拿的对象。他回乡，是来逃难的。如此一来，人们看他的眼神就不大对劲了。他走到哪里，背后不时有人指指戳戳。尽管没有回头看，但他感觉到脊梁上落满了异样的目光。更糟糕的是，人们像遇到瘟神一样躲避蓝文胜，生怕受到他的牵连，被官府的人抓了去……

蓝文胜实在待不下去了，便离开老家，前往南京。他记得有个老乡，在南京国民党军队里任职。他和他是在北伐时认识的，当时他们同在一个连队，一起上过战场，闯过枪林弹雨，属于生死之交的好兄弟。蓝文胜在南京找到他后，经介绍，凭着黄埔五期生的资历进入军队，担任下级军官。

有的资料上说，蓝文胜经过那个老乡的帮助，打入了唐生智部队。这实际上是不可能的，因为1927年11月，唐生智的部队正在湖北与西征军打得异常激烈。同年11月14日，南京政府下令停战；15日，通缉唐生智，其残余部队大部分被桂系控制。所以，蓝文胜当时在南京进入的是何人的部队，暂时无法考证。

但不管怎么说，蓝文胜在南京落了脚。时隔不久，蓝文胜获得一个机会参加了南京军官研究班，毕业后在宪兵教练所先后当上了教官和区队长。

生活有了着落，蓝文胜的内心反倒安定不下来。毕竟他是1927年加入共产党的党员，在“四一二”反革命政变期间，经历过血与火的考验。虽然大革命失败，自己与党组织失去了联系，但他的信念依旧坚定，革命的热情一如既往。

往事历历，总是记在心头。

至今蓝文胜还记得在中央军事政治学校武汉分校两湖书院见到邓演达的情景。那时，邓演达是学校的代理校长。听老师和学员们说，北伐军光复武汉后，汉口租界打出告示，严禁中国军人入内。邓演达不信那个邪，于1926年11月9日，即国民革命军政治部进入汉口的第二天，乘坐一辆汽车勇闯租界禁区。正当英国巡捕惊慌失措之时，邓演达的车接着又以迅雷不及掩耳之势，穿过法、日等国租界，回到了总政治部……蓝文胜听说了，对邓演达特别崇拜，当邓演达登上学校的演讲台时，他鼓掌鼓得巴掌都红了！

至今蓝文胜还会经常回味恽代英在欢迎湖北农民代表会上的讲话。恽代英说："中国四千多年，占重要地位的只有农民。整个国家穿衣吃饭，都是靠农民。古昔皇帝的三宫六院，以及大官阔富的房屋田地，极小的差役胥吏，穿的吃的，哪一件不是从农民身上剥削来的？好像一座高大房子，农民就是最下的一层，受着重重的压迫……"恽代英主张，中国革命首先要解放农民！这给蓝文胜留下了深刻印象。

至今蓝文胜还记得自己听了毛泽东关于湖南农民运动演讲后的激动心情。毛泽东指出，农民问题乃国民革命的中心问题，宗法封建的地主阶级之特权，要靠农民从乡村中奋起打倒。真是一针见血，极富见地！

太多的回忆，让蓝文胜心潮起伏，久久不能平静。他恨不得立即找到组织，找到回家的感觉。

1928 年的下半年，在一个偶然的情况下，蓝文胜见到了李昌祉。他与李昌祉同是黄埔军校的学员，李昌祉是四期生，他是五期生。那时候他们就认识了。后来北伐，他们虽然不在一个部队，但彼此都知道对方参加了征战……只是他们谁也没有想到，两年后，经历了革命形势风起云涌、跌宕起伏的他们，会在南京见面！

关于蓝文胜与李昌祉 1928 年下半年的偶遇，其资料源自蓝文胜家乡湖北武穴市史志办公室，文章的撰稿人为夏慧君、刘敬东等人。而根据李昌祉家乡湖南嘉禾县提供的资料，1928 年下半年的李昌祉受江西东固根据地红军负责人李韶九和中央军委派往鄂东南工作的萧克之约，离开家乡，来到了南昌。同年冬天，李昌祉受党组织派遣，赴上海，在国民党上海警卫师担任营长。1930年，李昌祉来到南京。这样一来，源自两个不同资料的李昌祉，出现在南京的时间也就不同了。

这一段文字，属于同一个人的另一个版本，那么，接下来按照计划，来说一说蓝文胜与李昌祉1928年下半年在南京的这次相遇吧。

蓝文胜他乡遇故知，见到李昌祉后特别高兴。他拉着李昌祉的手，激动地问："你怎么来啦？"李昌祉说："你能来南京，我为什么不能来呢？"然后两人就笑，笑得合不拢嘴。

那天，蓝文胜与李昌祉在南京的初次见面，并没有谈及实质性的话题，毕竟两人分开一年多了，再加上之前有一段时间风云激荡，充满了变数。于是，彼此都没有向对方敞开心扉，往深处去说。他们只是寒暄，叙旧，然后就分手了。

蓝文胜向李昌祉诉说自己像断线的风筝，与组织失联，是在他们数次见面之后。其间，经过几次接触与交谈，他们之间渐渐在相互了解的基础上有了信任感，这时，蓝文胜才向李昌祉说出了自己的烦恼。蓝文胜说，短短的一年多时间里，他就有了孤儿的感觉。人整个在漂泊之中，岸忽近忽远，让他焦虑。蓝文胜还说，他希望尽快找到党组织，尽快投入新的工作。再这样下去，他都要憋坏了！

李昌祉只是静静地听蓝文胜诉说，不表态。地下工作者有着严明的纪律，他不能表态。但过后李昌祉及时把蓝文胜的情况向上级做了汇报。上级经过调查，确认蓝文胜1927年入党，同年"四一二"反革命政变后，因形势所迫，离开武汉，回到故乡，与组织失去了联系。类似情况，其实不止蓝文胜一个人，后来失联的党员，经过各种方式纷纷归队。因此，经中共江苏省委军委获准，在1931年的年初，恢复了蓝文胜的党籍。

几个月之后，根据上级指示，中共地下组织在南京宪兵系统建立了特别支部，蓝文胜担任了组织委员。

此时，蓝文胜已调往宪兵第一旅旅部，担任了上尉副官一职。

3. 关于"蓝芳小姐"(之二)

在李昌祉的帮助下，蓝文胜恢复了党籍。在这之后，蓝文胜似乎是要把与组织失联后的那些日子造成的损失弥补回来。他以极大的热情，夜以继日地工作着。

他把自己的工资与积蓄捐出来，作为党的活动经费。

他在南京夫子庙大庆楼旅社长时间包了一个房间，作为从事地下工作的联络点。

他利用宪兵旅旅部上尉副官的职权，把从老家广济来的十余名进步青年，安排进宪兵系统，并从中发展了五六个人加入了中共党组织。

为了工作方便与安全，他将久居乡下的妻子接到南京，协助他传递情报。

在他和战友们的共同努力下，南京宪兵系统的特别支部内已有二十多位党员，在军委系统形成了一个强有力的战斗堡垒……

就在蓝文胜把工作干得红红火火时，他被捕了。那是 1932 年的春天，叛徒出卖了他。

是赵子坚出卖了蓝文胜。

赵子坚与大庆楼旅社的茶房蓝世才有联系，而蓝世才是蓝文胜的堂弟。1931 年，蓝文胜恢复党籍后，在南京夫子庙大庆楼旅社包了房间，作为从事地下工作的联络点。他安排了他的堂弟蓝世才在那里当茶房，实际上是大庆楼的主管，帮他打理那里的一切事务。平时，常有组织内部的人去那里以打牌、唱戏、拉胡琴等为掩护，进行秘密接头，或是开会。蓝世才负责接待，并保障来人的安全。大庆楼后来被敌人发觉，与一个名叫施其芦（瞿绥如）的人有关。

前面曾提到过施其芦这个人。1932 年 1 月，江苏省委书记王云程将施其芦作为省委的巡视员，派他到苏、常、镇、宁等地视察。3 月 1

日，当这位江苏省委的巡视员慢慢悠悠地巡视到苏州时，与他接头的人无意中透露，说：“南京已在2月25日举行了武装暴动。”

别看苏州与南京距离不远，但那时交通条件有限，信息传播也不及时，施其芦听后不大相信，心想，自己是省委派来的，南京暴动的事，他都没听说，对方怎么会知道呢？于是施其芦问：“消息可靠吗？”

那人说：“绝对可靠。”

那个人是中共打入苏州宪兵团的党员，他说他是从宪兵系统得知的消息。他说上峰指示，南京发生了武装暴动，要苏州宪兵团务必提高警惕，一有异常情况发生，立即出动，进行镇压。

施其芦见对方信息来源于宪兵部队内部，且有充分的根据，很是兴奋，立即启程，赶往南京。

就在施其芦急急忙忙赶往南京的途中，他并不知道，南京军委书记路大奎被捕叛变。施其芦来到南京后，当即与南京市委的同志在一个砖瓦厂接头，获悉“南京已在2月25日举行了武装暴动”的情况不实，纯属谣言，非常恼火。但他既然来到南京，作为省委派来的巡视员，在其位，就要谋其政。于是，施其芦索性就地开展工作，传达中央会议精神，以及江苏省委的指示，要求中共南京市委要“干部化装为工人，到工人中领导工运，酝酿全行业的罢工；在学生中加强互济会，积极筹募基金，支援罢工工人”。通过罢工，引发武装暴动！

如果施其芦仅仅是在砖瓦厂向南京市委的同志传达上级指示，布置下一步的工作，然后走人，也就安全无恙，不会发生后来的事了。然而施其芦偏偏没有这样做，他离开砖瓦厂后，不久就与路大奎进行了联系。那时他并不知道路大奎已叛变，更不知道路大奎正在积极地出卖党组织，出卖昔日的战友，所以，当路大奎接到施其芦发来的希望见面的信息时，高兴得不得了。他对谷正伦手下的特务说，这下好了，又有一条大鱼就要上钩了！

按照事先说好的接头地点，施其芦如约而至。施其芦大意了，他没有注意到当自己快要进入接头地点时，身后已有特务悄悄跟踪。他还像往常那样，不紧不慢地走着，直至走进路大奎为他设定的陷阱……

施其芦被捕了。

施其芦被捕后，很快投敌，供出了他所知道的有关中共党组织的一些情况。其中，施其芦供出了苏州中心县委书记王伯奇。接下来，多米诺效应再次发生，王伯奇被捕后又供出了苏州几乎所有的党员。在这些党员中，有人交代了曾到南京夫子庙大庆楼旅社开过会。这样一来，作为蓝文胜设立的一个联络点，大庆楼暴露了！

国民党宪兵司令部第四课（政治警察课）根据叛徒的交代，顺藤摸瓜，很快抓到了赵子坚。

赵子坚知道夫子庙大庆楼旅社的那个中共联络点是由蓝文胜安排的，茶房蓝世才只不过是他的帮手。于是，被捕后，赵子坚很快供出了他所知道的一切。

蓝文胜在劫难逃。

蓝文胜的被捕，给李昌祉带来了巨大的危险。毕竟李昌祉与蓝文胜有过扯不断的关系。就拿有关他们的两个不同版本的说法来说吧，且不说蓝文胜是李昌祉的上线，他们曾于1930年8月一起到上海参加过党中央在上海小世界饭店一楼召开的会议，并在会上接受过李立三关于十三个中心城市的暴动计划；也不说李昌祉为蓝文胜重建组织关系，做过积极的卓有成效的努力，就说他们分别在国民党军队内部发展党员，建立党的基层组织；就说他们一起搞过武器装备，等等，这些工作上的交集，无法把他们分开。因此，一旦一方出现问题，另一方势必受到牵连。

这就要看蓝文胜面对敌人，是否能够严守秘密了！

4. 关于“一封信”

从收集到的资料来看，叛徒出卖，是导致蓝文胜被捕的主要原因。

无一例外，叛徒在成为叛徒之前，均涉及一封信。敌人通过搜查，搜出这封信后，方得知“蓝芳小姐”蓝文胜的存在。

那么，这是一封什么样的信呢?

关于这封信的来源，其中有一种说法，即敌人是从苏州搜到这封信的。

前面说到中共江苏省委巡视员施其芦这个人，1932 年 3 月 1 日，施其芦在苏州巡视时听说“南京已在 2 月 25 日举行了武装暴动”，便迫不及待地赶到南京，后来在与路大奎接头时，被叛徒路大奎出卖。施其芦被捕，很快供出了苏州中心县委书记王伯奇；接下来王伯奇叛变，又供出了苏州的中共地下组织。

当时，蓝文胜正在苏州。蓝文胜是随同他所在部队宪兵三团于 1932 年初调往苏州的。

这一天，部队刚刚调防，一切尚未就绪，团长丁昌便接到有关部门的电话，问宪兵三团有没有姓蓝的人。丁团长如实回答，说：“有啊，我的副官就姓蓝。”对方问，叫什么名字?丁团长说，蓝文胜。接着丁团长似乎觉察到了什么，反问道：“你们问这个干吗?”对方说，根据南京宪兵司令部提供的线索，他们在苏州抓了一些共产党。在搜查一个共党分子的住处时，发现了一封信，信是给“蓝芳小姐”的。因为收信人姓蓝，所以，随便问一下。丁团长说，“蓝芳小姐”显然是个女人，跟蓝副官八竿子都打不着，根本就没有关系!

这要说到代号的好处。当初设定代号时，蓝文胜特地反性别地起了个“蓝芳小姐”的代号。李昌祉早先有代号为“李艳华”。而毛剑霞的本名，因有个“霞”字，也让人辨不清是男性还是女性。

按照正常人的思维，那个名叫“蓝芳”的女人，乍一看，的确与蓝文胜不大搭界。但在百家姓中，姓蓝的人不多。正因为人数不多，才格外引人注意。再加上宪兵三团丁昌团长非同一般，他毕业于黄埔军校第四期步科第一团第一连，与国军一级上将高魁元是同队同学。丁昌与当时大多数黄埔毕业生一样，参加了北伐。战争结束，他以优异成绩考入军事委员会警宪研究班第二期，继续深造。随后，受训于德国警察学校，从此与宪警生涯结下了不解之缘。1931 年，受后来被称为国民党“宪兵之父”的谷正伦的派遣，丁昌与其他二十名骨干一同赴日本考察学习宪兵制度。归国后，谷正伦先后委任丁昌为宪兵司令部第四课课长、宪兵特警第二队队长、宪兵第三团团长。

作为担任过宪兵司令部第四课课长，即情报部门领导的丁昌，当时放下电话后，就对蓝文胜产生了怀疑。虽然他一再在心里对自己说，蓝文胜不会有问题。他和蓝文胜都是黄埔毕业生，又都参加过北伐，在感情上，倾向于那个姓蓝的与这个姓蓝的截然不同，但他还是决定，需要通过什么方法来验证一下蓝副官，若是自己人，就当没有这回事，走走程序；若是共党分子，他准备无声无息地内部予以解决，以免在外界对宪兵三团造成不利的影响。

正当丁昌为如何验证蓝文胜的身份而苦思冥想时，机会来了。宪兵司令部第四课的人在三团里抓到一名共党嫌疑分子，要他们协助解押至南京。丁昌立即把这个差事交给了蓝文胜。

蓝文胜意识到危险来临。明摆着，丁昌交给他的这个任务，是为了摸他的底。你想啊，若放在平时，宪兵司令部第四课抓了人，要他们协助解押，宪兵三团闲人多了去了，哪里用得着让他这个副官去办啊？现在让他去南京，说明丁昌对他产生了怀疑。

有了这样的思想准备，蓝文胜处变不惊。临行前，他清理和烧毁了不该留下的文件，并告诉妻子：“万一我回不来，你就去南京找哥哥，或回乡下去种田。”

安排好这些之后，蓝文胜心如止水，十分坦然。

5. 殊途同归

用整整一个章节的篇幅来写党史资料中的李昌祉和蓝文胜的多样性，是为了能够站在一个较高的层面来认识历史。

历史之所以远比人们看到的复杂，是因为岁月的漫长。 把数十年间的年年、月月、日日压缩成史料中的文字，从中能够看到的往往只是事件的结果，而事件形成过程中的大量细节，都被时光悄悄过滤掉了。

各级党史办、史志办所从事的大量工作，正是为了挖掘、整理和研究那些被岁月淹没在生活深处的种种细节，并通过这些细节，再现历史的过程。

在撰写这本书的过程中，笔者已无法采访当年隐蔽战线上叱咤风云的亲历者。 毕竟李昌祉的故事发生在 20 世纪二三十年代，至今相隔八九十个春秋。 也就是说，笔者无法直接从当事人那里取得第一手资料，这不能不说是一大遗憾。

其实，历史的复杂，除了岁月造成的原因，还有一个重要因素是当年斗争的激烈与曲折。

前面曾经说起过中共南京地下组织在 1927 年至 1934 年，短短的七年间先后遭受了八次大的破坏，其间的刀光剑影，腥风血雨，足以写成一本厚厚的大书。 可是一旦作为党史资料，如今能够见到的，仅仅是叙述性的若干行文字而已。

有句话说得好："文学家总要从简单的东西里，扯出复杂的东西来，千丝万缕地绕成繁复的纹路，以回应人性的丰富，触及人们灵魂深处的幽微；而历史学家则相反，要从纷扰的世事中看到历史行进的轨迹，把具体的事物打包整理成整洁的理性叙述结构。"而这本书属于纪实文学。 那么不妨假设一下，假设把中共南京地下组织那些年的经历还原成生活中的现实，你会从中看到什么呢？ 看到民国时期乌云压顶的南京城，看到夜晚大街上连续鸣笛横冲直撞的警车，看到隐身于黑暗中的共产党人的前仆后继、英勇不屈，也看到了出卖灵魂、自首变节者的丑恶嘴脸……实际上，人们目光所及，总是有限的。 生活中还有许许多多的细节、许许多多的不为人知、许许多多的疑问、许许多多的讹传，有待人们今后更好地去认识，去发现，去研究，去解析。

可以确定，李昌祉与蓝文胜在那个年月因从事党的地下工作，相互之间有着很多鲜为人知的交集与关联。只不过在这些交集与关联中，他们以什么形式表现，其过程又是怎么样，说法不一，也就是说，存有多样性。

从党史研究者的角度来讲，人物脉络清晰，事件主体突出，不要有过多的枝枝蔓蔓，或者说不清道不明的缠缠绕绕，最为理想。史实清清楚楚、一目了然，最起码可以让党史研究者在工作中减少很多不必要的麻烦，以便把精力直接投入所需研究的方向上来。

而文学工作者就不同了，他们喜欢线索的繁复、人物的丰满，事件越别具一格、故事越错综复杂越好。就比如笔者正在写的人物李昌祉，一种说法是说蓝文胜是他的直接领导，李昌祉受上级派遣，从上海来到南京时，正是通过与蓝文胜接头接受任务的；另一种说法则不同了，说蓝文胜与党失去了联系，在南京与李昌祉偶然相遇，获得契机，然后经过李昌祉向上级汇报，蓝文胜重新回到了组织的怀抱……其实，这两种说法表现出的故事的曲折，是由历史复杂性造成的。当史料中的不一致性呈现出来，而又不能及时辨别哪一种更为真实时，笔者反倒觉得这样一种情形，更有其价值所在。

其一，可以增加信息量。即关于李昌祉与蓝文胜的每一种说法，至少包含着一种信息，从中可以获取很多的相关内容。比如蓝文胜初到南京时，处在与党组织失联的状态中，这种情况是怎么造成的？沿着这条线，我们会自然而然地进入1927年大革命失败的背景，看到共产党人是怎样经受了血与火的考验，在革命处于低潮时，仍旧坚定信念、追求真理，听从党的召唤的！比如在蓝文胜诉说与党组织失联的痛苦心情后，李昌祉将他的情况及时向上级做了汇报。之后，党组织是怎么考察蓝文胜的，通过了哪些方式……这些隐匿于史料背后的过程，又是如何契合了当时地下工作者所处环境的险恶，以及他们工作的严谨与心细的。总之，说法多样，并非坏事，它所提供的信息量，可以增强内容的容量与浓度，拓展思维的空间。

其二，提供了认知事物的多种视角。看一个物体，从正面看，与从侧面看和从反面看，是不一样的。只有多角度、全方位地进行观察，才可能看清事物的真实面貌。宋代诗人苏轼在《题西林壁》中写道："横看成岭侧成峰，远近高低各不同。不识庐山真面目，只缘身在此山中。"说的就是这个意思。身在庐山，视野为庐山的峰峦所局限，人们看到的往往只是庐山一峰一岭一丘一壑等局部景观，这样一来，势必带有片面性；要认识事物的真相与全貌，必须超越狭小的范围，摆脱主观成见。李昌祉在史料中所呈现出的多样性，恰恰提供了更多认识和解读他的可能性。

其三，质疑有助于更好地思考。史料中不同的说法，必然存有疑点。古人云："疑是思之始，学之端。""学起于思，思源于疑。""于不疑处有疑，方是进矣。"从中可见质疑的重要性。

首先，疑是深思的结果。爱因斯坦说："提出一个问题比解决一个问题更重要。"如果没有深入的思考，没有潜心的研究，就很难从浩如烟海的党史史料中发现有关人物的不同历史记录。因此，能思则能疑，思考得越深入，提出的问题就越多，收获也就越多。

其次，质疑是认知事物的一把钥匙。有了疑问，思维呈活跃状态，接下来通过一步步释疑，透过表象，方可进入或接近事物的本质。相反，如果有疑而不质疑，思维的链条就会中途断裂，从而错失认知的有效途径。

综上所述，既然史料中客观存在地呈现出李昌祉的多样性，那么就不能视而不见，刻意回避；相反，要正视它，研究它，让它为正在撰写的这本书提供更多的丰富性。

尽管收集到的个别资料中存有多样性，但好在李昌祉这条线，主线相对清晰。至于蓝文胜等人，无论存有几种说法，总之，殊途同归，并不影响李昌祉这条主线的延伸。

那么，就把目光继续聚焦李昌祉，接下来，看看他是如何面对沧海横流，显示出英雄本色的！

第六章 乱云飞渡仍从容

1. 风起的时候

一段日子以来，鸡鹅巷 11 号冷清了许多，往日热热闹闹的情景不见了，虽然隔三岔五仍有人来喝喝酒，打打牌，但显然气氛不足，即使大家在一起聊天，也聊不了多一会儿，就没有情绪了。这都是近来大环境不好造成的。1932 年开春以来，接二连三发生许多事情，让人心神不宁，总觉得要出什么乱子；可是究竟出什么乱子，谁也说不清。或者，即使有谁能说得清，也不会去说，而是放在心里，憋着。

毕竟，那些都是不愉快的事。

正所谓“近朱者赤”，凡是来鸡鹅巷11号聚会的人，都是李昌祉的同乡、好友。他们中的大多数虽然不是共产党员，也不知道李昌祉的真实身份，但他们愿意和李昌祉在一起。他们觉得李昌祉为人正直，心地善良，有血性，有抱负，够朋友，讲义气。他们对社会现状大多感到不满，希望生活安定，社会清明。所以，他们看不得当局胡乱抓人，整天警车鸣笛，满街窜，弄得人心惶惶，不得安宁。

在报界供职的雷啸琴是个心直口快的人。这一天，他来到鸡鹅巷11号，进门见到李昌祉，就抱怨说：“昌祉，你看这都是什么事啊，真是‘愁望春归，春到更无绪’！”李昌祉从小饱读诗书，对唐诗宋词烂熟于胸。他知道雷啸琴说的文廷式《祝英台近·剪鲛绡》中的句子是什么意思。是的，苦苦等待着春天的到来，春天到来了，却是那么地不如人意。于是，李昌祉随口和了一句宋人吴文英的《唐多令·惜别》中的“何处合成愁。离人心上秋”。雷啸琴知道李昌祉是在说“心”上加个“秋”，合为“愁”。雷啸琴似乎有一肚子话要说，他“唉——”地叹息了一声，然后把李昌祉拉到窗口，两人倚着窗台，面对面地聊了起来。

雷啸琴说：“时局不好啊，正是全民抗战用人之时，当局却不顾大局，热衷剿共，到处抓人。再这样下去，如何了得，不是让人心寒了吗？”

李昌祉说：“大记者又采访到什么新闻了？”

雷啸琴说：“据宪兵司令部的人透露，他们到处在抓‘蓝芳小姐’。没想到，‘蓝芳小姐’不是小姐；更没想到，这个人竟然隐藏在国民党宪兵部队的内部。”

李昌祉心里“咯噔”了一下，心想，蓝文胜出事了？！

于是，李昌祉装作不以为然地说：“那些人满嘴跑火车，他们的话，你也信？”

雷啸琴说：“消息可靠。”

雷啸琴又说："被抓的那个人是宪兵三团的副官，名叫蓝文胜。是叛徒出卖了他……"

得知蓝文胜被捕，李昌祉心情十分沉重。

当晚，从鸡鹅巷11号回到家后，李昌祉左思右想，觉得还是稳妥一点，先打听一下消息是否确凿再说。

第二天一早，李昌祉连忙安排他的堂弟李昌佐去打听有关蓝文胜被捕这一消息的虚实。李昌佐是李昌祉的助手，近年来，他一直协助李昌祉的工作。

李昌祉把这个任务交给他，特别放心。李昌佐机灵，办事利索，尤其是他能够按照中共南京市委对地下工作者的要求，广交朋友。社会上的三教九流，白道黑道，他都接触。这样一来，即使平日里不出门，也能得知不少消息；如若想办个什么事，通过各种渠道，和什么人打声招呼，多半都能办得成。所以，李昌祉让他去打听蓝文胜的事，是最合适不过的了。

李昌佐的确门路多，没用多长时间，他就从国民党宪兵司令部通过熟人打听到了消息。蓝文胜的确被捕了，当天押在警务处军法课受审，现在关在宪兵司令部的看守所。

李昌佐说："是叛徒供出了他。谷正伦手下的人从叛徒那里搜到了一封信，是写给蓝文胜的。后来谷正伦派人四处搜寻，把他找到了……"

李昌祉不放心地问："消息可靠吗？"

李昌佐说："可靠。那个向他透露消息的人是宪兵司令部警务处的。"

李昌祉不再问了。宪兵司令部警务处管辖的军法课，是专门负责抓捕和审讯犯人的。李昌佐从那里打听到的消息，看来不会有差错。

后来，尽管宪兵司令部看守所把守很严，李昌祉还是忍不住去那里看了看，他希望能发现对方的疏忽，从中找到漏洞，必要时，想方设法把蓝文胜营救出来。

可是李昌祉来到位于夫子庙的瞻园路 126 号，仅仅是看到高大的黄色围墙，三步一哨、五步一岗的密集警戒，就知道凭借现有力量从牢里把蓝文胜救出来的可能性几乎为零!

《南京人报》副总编游公也曾被关押在宪兵司令部。多年之后，他在回忆录里这样描述看守所的情况："宪兵司令部的牢房为全封闭式，不见天日，从不放风；电网高墙，不在话下；层层铁门，道道警戒；屋顶之上，岗哨密闭……江洋大盗飞檐走壁之徒，也插翅难飞，真可算是当时的现代化监狱了。"

据有关史料记载，陶铸、陈赓、丁玲和田汉等人曾在那里被囚禁过；罗登贤、邓中夏、黄励、郭纲琳、顾衡等烈士，在那里的监牢里，度过了生命中的最后时光……

李昌祉在宪兵司令部门前没有久留，他经过观察，发觉根本就没有动手的机会，便迅速离去。

被捕前，蓝文胜已在心里做过最坏的打算。所以，当宪兵司令部谷正伦手下的人破门而入，把枪口对准他的时候，他反倒坦然了。他觉得自己的准备没有白费，该来的，终于来了。大不了就是死呗，还能有什么比死亡更严重的呢？没有了。那么，就挺起胸脯来面对吧，没有什么大不了的!

后来，据说谷正伦问手下的人："抓捕顺利吗？"

手下的人如实汇报说："这些年抓了这么多的人，像蓝文胜这样镇静者，真的很少见!"

谷正伦想了想说："那就看你们的了。你们总不能一直让他这么镇静下去吧？"

手下的人明白谷司令说这话是什么意思，于是，过后加大了对蓝文胜的审讯力度。

显然，审讯人事先做过功课，他们在审蓝文胜时，拿出一份名单，对蓝文胜说："老实交代，这份名单上的人是你发展的中共党员吧？你也太大胆了，竟然在宪兵内部另立山头！"

蓝文胜看了看那份名单，知道是叛徒提供的。敌人在抓捕他的同时，还在宪兵团抓了其他同志。于是，蓝文胜摇了摇头，没说话。

审讯人说："其实，你不承认，也没有关系，我们什么都知道。我们问你，只是给你一个机会，一个弃暗投明、改邪归正的机会！"

蓝文胜说："你们搞错了吧，名单上的那些人，都是一些当兵的，有什么资格参加共产党？军人以服从命令为天职。我的职务比他们高，我说的话，他们敢不听从吗？不要伤及无辜，一切责任由我来负！"

审讯人说："你这种态度很不好。"

审讯人接着说："你是黄埔学生，怎么能反对和背叛校长呢？"

蓝文胜说："你们还有资格在这里提到黄埔军校？你们知道八年前，也就是 1924 年 6 月 16 日孙中山在黄埔军校开学典礼上都讲过什么？孙中山讲：'诸君不远千里或数千里的道路，来此校求学……一定是富有这种志愿，来做革命的事业。要做革命事业，是从什么地方做起呢？就是要从自己方寸之地做起。'孙中山还说：'我们要把革命做成功，便要从今天起，立一个志愿，一生一世，都不存升官发财的心理，只知道做救国救民的事业，实行三民主义和五权宪法，一心一意来革命，才可以达到革命的目的！'可是蒋介石都做了一些什么？他对得起先总理孙中山和国难艰危下的国人吗？！"

接下来，蓝文胜愤慨地声讨蒋介石背叛革命和容忍日本侵略的卖国行径，他对审讯的人说："蒋介石过去讲的与他现在做的全不一样。既然他背叛革命，背叛人民，我们就必须背叛他！"

一席话，言之凿凿，铿锵有力，说得对方竟一时噎住，愣了好一会儿，才对蓝文胜说："你这样顽抗，难道就不怕死吗？"

蓝文胜听了哈哈大笑。

蓝文胜说："孙中山对黄埔军校学生说过这样的话。他说：'革命军是救国救民的军人，诸君都是将来革命军的骨干，都担负得救国救民的责任。'他还说：'我敢说革命党的精神，没有别的秘诀，秘诀就在不怕死。要能够有这种大勇气，在心理中就是视死如归；以人生随时都可以死，要死了之后，便能够成仁取义。'"

蓝文胜接着说："要是怕死，就不当共产党。为了革命事业，献出宝贵的生命，那将是我此生的荣幸！"

敌人见劝说无效，就对蓝文胜用刑。

蓝文胜一次次被打得昏死过去，醒来后仍旧严守心中的秘密，守口如瓶。

李昌祉很想打听蓝文胜在牢里的情况，但一直打听不到。宪兵司令部看守所就像那里坚固的牢房一样，被高墙隔离，密不透风。

不是对同志不信任，人都是有弱点的，蓝文胜亦如此。刑讯源远流长，自古以来就有，且在不断的完善中，形成了一整套的套路。刑讯用来对付的，就是人的弱点。只要敌人想方设法找到被捕者的弱点，一般情况下，很快就能打开缺口，进而步步推进，扩大战果。李昌祉凭着直觉，觉得蓝文胜最起码眼下没有叛变投敌，因为蓝文胜所知道的地下联络点，以及所涉及的人员，目前是安全的。但至于以后，就很难说了。

在蓝文胜被捕后的第一时间里，李昌祉通过事先备用的、只有他一个人知道的绝密联络方式，接收到上级紧急指示，让他务必保证安全，迅速撤离。李昌祉思虑再三，回复上级，要求继续留在岗位上，以便尽快处理好善后事宜。

其实，自从证实蓝文胜被捕，李昌祉就做好了各种思想准备。他不走，是为了和敌人抢时间。按照上级对地下工作的严格规定，一旦有人被捕，不管发生什么样的情况，都必须立即切断与之联系，这不仅仅指的是李昌祉，还有与李昌祉相关的，和蓝文胜发生过纵向及横向关系的所有人。

而这些，正是李昌祉眼下刻不容缓、迫在眉睫需要做的事。

2. 背　影

1932年南京的秋天，一片萧疏。

街道两旁高大的梧桐树，不时有叶子随风飘落。即使是暂时还挂在树头的树叶，大多枯黄，样子也不大好看。甚至有的卷曲着，像是哪里伤了，或是残了，让人不忍多看。

李昌祉行色匆匆。

李昌祉踩着地面上零零星星散落的树叶，向前走着。他必须尽快通知由他建立起支部的那几个党员，让他们迅速转移。眼下，他无异于和敌人抢时间，他要争分夺秒，走在敌人的前面。

他走的速度很快。要不是怕引起行人的注意，他甚至想跑步，加快速度。

这样的情景，不由让李昌祉想起很多年前，那时候他还是家乡一所学校的学生。积极追求进步，心中充满革命激情的李昌祉，始终意气风发地走在斗争的前列。他参加剧社的演出，写标语，画漫画，发传单……在批斗县团防总局副局长、土豪劣绅李佐廷的大会上，李昌祉第一个上台，给他戴上纸糊的高帽子，然后带领大家高呼口号。群情激奋时，李昌祉当众扯下了土豪劣绅李佐廷的一缕胡子，疼得那个家伙"嗷嗷"直叫唤……

没过多久，反动势力开始反扑。李佐廷指挥县团防总局的爪牙，进行反攻倒算。他们以煽动学生造反为名，枪杀了两名老师，然后开始抓人。

李佐廷要抓的第一个人，就是李昌祉。李佐廷一心要报批斗会上被李昌祉戴高帽子、揪下胡子之仇。他带着十多个荷枪实弹的县团防总局的人，朝李昌祉家走来。他以为到了李昌祉家，就能把李昌祉抓到。谁知，就在李佐廷带人接近李昌祉家之前，就有同学通风报信，把情况及时告诉了李昌祉。

按照李昌祉的性格，他真想拿起柴刀，和李佐廷拼了。可是就在他把柴刀拿在手里时，被人劝住了。这个人是同学李昌汉的父亲李光德。

李光德说："拼不得。人家人多，你这样做，不等于鸡蛋往石头上碰吗？留得青山在，不怕没柴烧。还是走吧！"后来，李光德带着李昌祉沿着屋后的一条小路，逃走了。他们先是跑进山里，想避一下风头，可是不行，李佐廷不依不饶，紧追不放。他们就往邻县宁远跑。再后来，宁远县也待不住了，索性跑远一点，去了广州……

李昌祉记得李光德带着他离开家时的情景。那会儿，远处已传来狗叫声，一声比一声叫得凶。李光德说："快跑，再不跑，就来不及了。"然后李光德扯了李昌祉一把，李昌祉就跟在李光德身后跑了起来。他们一口气跑了很远很远，直到进山了才停下来，朝身后看了看，接着，再跑……

现在，李昌祉希望那几个同志在接到他的通知后，也像他当年那样，转身就跑，不要回头，一直跑到敌人的视线之外，跑到敌人伸手抓不到的地方！

李昌祉一边走，一边下意识地看了看手表。还好，约定的时间没有到。按照李昌祉现在的行走速度，他预计能够提前赶到接头的地点。这样就不至于匆忙。他需要在对方抵达之前，观察一下四周的情况，以防万一。他在心里不断告诫自己，越是情况紧急，越是要沉得住气，保持头脑的冷静。

跟他接头的那个同志，是个牵头人。待李昌祉把撤离的命令传达给他后，他再传给其他人。这样一传再传，用不了两三轮，指令便会传达到每一个人。李昌祉计算过，只要每一个环节确保无误，用不了一天，由他建立的七个党支部的所有成员，就会在明天天亮之前消失得无影无踪。

1930 年夏天，李昌祉来到南京后，接受的一个重要任务就是发展党员。那时候，南京地下党接连遭受损失，市委书记李济平被捕，同年 8 月 8 日在雨花台英勇就义。仅仅 7 至 10 月间，短短的四个月时间里，多个地下党支部被敌人破坏，近百名党团员不幸牺牲。后来，上级派了曾中生等人来南京恢复党的组织。曾中生上任后当务之急抓的一项重要工作，就是发展党员，壮大党的队伍。曾中生说过这样的话："没有人，其他工作统统免谈！"

还有一个情况，也是促使李昌祉积极发展党员的一个重要原因。那就是"八七"会议后，中国共产党发出了一系列在国民党军队中开展统战工作的决议和指示。1930 年 6 月，《中央特别通告》指定"组织兵变为兵运的中心策略"，要求在一些兵变成熟的地方，党要适时抓住时机，直接领导士兵起义。上级安排李昌祉从上海来到南京，就是来做兵运工作的。可是说是要组织兵变，但当时南京的条件并不具备，中共党员在国民党军队内部潜伏的人员屈指可数，根本形成不了举行武装暴动打击敌人的力量。怎么办？上级交给的任务，有条件要执行，没有条件创造条件也要执行。这个创造条件，就是尽快建立党的基层组织，发展党员。

李昌祉接受任务后，曾与蓝文胜讨论，怎么才能在短时间内壮大组织的力量。

李昌祉认为，他刚来南京，人生地不熟，发展党员需要有一个过程。这个过程，需要时间保障。蓝文胜也说，发展党员是个极其慎重的事，每发展一个，都要进行深入细致的考察，够标准了，才能发展。如果光图快，缩短了过程，就有可能质量不高；而质量不高，将来指不定什么时候就会出现问题，给党的组织造成损失。于是，他们讨论来讨论去，最后想出了一个好的办法，就是改变通常做法，两个人分别从家乡找自己了解的，政治上认为比较可靠的，具有民主进步思想的年轻人来南京，然后通过帮助，提高他们的革命觉悟，在确认可以作为发展对象后，再把他们一一安插到国民党军队中去。这样做的好处是，这些人是有选择而来的，在发展他们的过程中，可以省略最初对其进行了解的某些环节，从而节省了许多的时间。

过后，李昌祉和蓝文胜分头实施计划。

李昌祉在湖南嘉禾县立甲种师范学校读书时，在革命浪潮的影响和推动下，有不少同学与他同为热血青年，积极投身于社会进步活动之中。据李昌祉所知，当时的骨干分子，现在先后参加红军，进入苏区革命根据地的有李韶九、萧克等人。1927年秋天，还是他们二人在南昌经过江西省委同意，介绍李昌祉到上海接受党组织工作安排的。至于其他同学，虽然李昌祉同他们分别后的这些年各自经历不同，但通过乡亲们的讲述，得知他们并没有沉沦，仍旧保持着一颗向往光明与进步的心。李昌祉觉得，这就很好。于是，李昌祉便想方设法，通过多种渠道，与他们建立了联系。

不久，在李昌祉的安排下，他们纷纷来到南京；又过了不久，李昌祉把他们分别发展成为中共党员，并安排在国民党的各个部队。

据有关资料统计，从1930年夏天至1931年底，中共南京各级党组织共发展党员近二百人。在这些党员中，有十多个人，就是李昌祉发展的。

李昌祉在短短的时间内，在敌人内部，就建立了共七个党支部！

现在，李昌祉急需要做的一件事，就是尽快通知这些支部的成员危险来临，为了保存实力，让他们迅速撤离。

1928年至1931年期间，周恩来在上海负责隐蔽战线的工作。那时候，他十分强调组织活动的隐蔽性，要求党员单线联系，尽量职业化、社会化。

李昌祉现在去接头，采取的就是单线联系的方式。

很快，李昌祉来到了接头地点。

和以往每一次接头一样，李昌祉先在外围观察，认为没有可疑的地方，才准时踩着点到达事先约定的位置。

那里是一家老字号的茶叶店，李昌祉一进门，店小二就迎上来，热情地问要点什么，并说店里刚到新茶，味道不错，等等。李昌祉一边应付着，一边看茶。店里的茶都用专门的茶桶装着，李昌祉揭开茶桶的盖子，伸手捏起几根茶叶，递到鼻子跟前闻了闻，然后放回桶里后，拍了拍手，再从另一个桶里抓茶……这时候，李昌祉的身旁多出一个人来。那个人便是前来接头的人。李昌祉朝那人望了一眼，悄悄使了个眼色，接着，他对店小二说，老家人捎话来，要他回家看看。这不，买半斤茶叶带着……趁店小二回头称茶时，李昌祉小声地把要说的话简要地对身边的那个人说了。那个人点点头，佯装看茶，过后离去。

李昌祉手提一小纸包用纸绳包扎好的茶叶，出了店门，看那个人已经走远了，在他的目光中只留下一个模糊的背影，便发出会心一笑，接着，朝另一个方向走去。

这时候的李昌祉心情略显轻松。他把撤离的通知及时发出去了，想象中，这个通知会在短时间内从一个人那里传给另一个人，然后，接到通知的所有人，分别在第一时间内，像一滴水渗入大地一般，悄然无声地消失在茫茫人海之中。

李昌祉把要做的事情做完，便朝回走。

李昌祉让堂弟李昌佐打听蓝文胜在狱中的情况，不知道有没有消息。蓝文胜个子不高，人长得瘦，落在敌人手里，肯定要吃不少的苦。李昌祉心想，他能扛到现在，能给他留下时间通知其他人转移，已经非常不容易了。一想到这，他打心里对蓝文胜充满了敬佩。只是这个时候的李昌祉并不知道，蓝文胜将在这之后不久的一天，被敌人残忍地杀害，殉难于南京雨花台！

作为一名中共党员，李昌祉从加入组织的那一天起，就怀有为革命事业奋斗而不惜献出自己生命的思想准备，因此，当身处险境的他由蓝文胜被捕入狱联想到自己时，不止一次地在心里问道："一旦灾难降临，你能挺直脊梁，高高昂起头颅，做到视死如归吗？”

答案是肯定的。

3. 离　别

妻子曹依兰见李昌祉回到家，连忙收拾桌上的饭菜，说：“回来啦，我去热饭。”说着，端起饭菜就往厨房走去。

李昌祉说：“你还没吃啊？”

曹依兰说：“不饿。”

曹依兰又说：“等你回来一起吃。”

李昌祉看见曹依兰的背影，心里涌上来一种说不清楚的感觉，这种感觉很复杂，总之不大好受。李昌祉想控制住自己，但效果不明显，后来李昌祉索性顺其自然，一任自己的思绪飘飞……

原本，李昌祉在茶叶店与那个人接头之后，就开始考虑下一步需要做的几件事，其中一件，就是安排妻子曹依兰马上离开南京，回到老家去。眼下情况越来越危急，以至于从事多年地下工作的李昌祉，凭着直觉，嗅一嗅空气，似乎都能闻到刀枪逼近时发出的铁腥气味。他意识到危险离他近在咫尺，伸手可触。这时候，他还有一些事没有办完，暂时不能走。但他的妻子必须走，并且尽快走，走得越远越好。一旦妻子曹依兰安全了，他反倒会觉得轻松许多，毕竟他一个人，无论情况怎么变化，他都好应对。

刚才在路上，李昌祉就想好了，回到家抓紧时间跟妻子坐下来好好谈一谈。李昌祉当然懂得组织纪律，凡是涉及党内秘密，不可以对任何人讲。李昌祉只是想善意地欺骗她，说自己如何私下和朋友做生意，违反了军纪。上面的人要找他麻烦，让她先回避一下，到老家去住些日子，等风头过去了，再把她接回来……他觉得如果他不这样把情况说得严重一些，她不一定很快就走。那样三拖两拖，反而会坏了大事。

可是回到家，看到妻子曹依兰还在等他吃饭，他的心就软了，满腹的话，已经到了嘴边，竟没有说出来。

怎么办?

李昌祉心想，那就等吃了饭再说吧。这样想着时，妻子曹依兰已经热好了饭菜。然后，他和她开始吃饭。

曹依兰是李昌祉的第二任妻子。

在这之前，李昌祉娶过一个姑娘，名叫王周元。那时候，李昌祉正在读书，还是个学生。养父李保和传宗接代的心情迫切，一心想早点抱孙子，也不问李昌祉是否愿意，就找人牵线，给他找了个媳妇。李昌祉的心思不在娶妻生子上。李昌祉一心闹革命，作为学校追求进步的积极分子、学生团体共学社的骨干，他整天满脑子想的是如何与土豪劣绅斗争，根本无暇顾及个人的婚姻大事。养父一见着急了，心想，人都给你找好了，就等新媳妇过门了，你却不愿意，这哪行啊!于是硬逼着李昌祉从学校回来，与王周元拜堂。

李昌祉的生父名叫李丙和，在他很小的时候，因为家里穷，父亲就把他过继给他的叔父李保和当儿子养。当地有种说法，家里的女人若是生不出孩子，过继一个，就会带来好运，然后会生一个孩子。果然，李昌祉过继给他的叔叔李保和后，家里不久就添丁，李保和有了亲生的儿子，李昌祉有了个名叫李昌石的弟弟。现在李保和一心想让李昌祉早点结婚，指望着他能够再给他的家带来兴旺。李昌祉考虑再三，觉得不能辜负养父的养育之恩。尤其是这些年来，养父对他一向很好，视如己出，让他有衣穿、有饭吃，到了读书的年龄，还供他上学……他应当知恩图报。这样一来，尽管李昌祉很不情愿，最终还是顺从养父，与王周元拜天地，成了亲。

结婚之后，李昌祉与王周元小两口的日子虽过得谈不上举案齐眉、相敬如宾，却也粗茶淡饭、不温不火过得去。可是时间不长，李昌祉就对两人的婚姻感到厌倦了，主要是没有多少共同语言。具体地说，就是李昌祉关心的事，王周元不关心；王周元喜欢做的，李昌祉又不感兴趣。这样时间长了，两人再在一起时，就没有多少话讲。夫妻一旦没有话讲，情况就不妙了。

后来，李昌祉提出了离婚。

在20世纪20年代的湖南嘉禾县农村，还没有“离婚”这一说。因此，李昌祉的做法太前卫，闹得影响很大。别说他的养父不乐意，觉得李昌祉不好，把家里的事弄得沸沸扬扬，人尽皆知，把他的脸面丢尽了；就连村里、县里的人听说了，也都指责李昌祉。

嘉禾县史志办公室提供过一份1981年3月18日由彭水声、龚再和二人采访李昌祉的侄子李志水的文字记录。地点在盘江公社石马村。在这份谈话记录中，李志水说到李昌祉的这段婚姻，说是“家里压他结婚的”；还说“原国民党政府不允许离婚，由昌祉起，逐起离婚之风”。“昌祉奔粤后即离弃”，也就是说，李昌祉离开家乡，与同学一起奔赴广州报考黄埔军校时，就结束了他的第一段婚姻。

李昌祉与曹依兰结婚，是在1929年。后来在《解放军烈士传》卷一之五《劲草春华》这篇文章中得到了证实。文章中记载：“1929年春，他辞别新婚不久的妻子，踏上了新的征途。”这里说的“征途”，是指那一年李昌祉去了南昌，在中共地下组织的一个交通站里与李韶九和萧克见面，之后赴上海，打入国民党部队内部做了一名特工。

李昌祉先是到了上海，后来受党的派遣，来到南京。这期间，他的妻子曹依兰一直留在老家。等到李昌祉在南京国民党高级军校新兵训练处担任少校大队长，生活相对安定下来之后，他把妻子曹依兰从老家接来南京。那时候，李昌祉在鸡鹅巷11号租了一套公寓，作为中共地下组织的一个秘密活动据点，其间，他需要有个家对外作为掩护。曹依兰的到来，在一定程度上，帮了他的这个忙。

曹依兰来南京两年了，对李昌祉生活上照顾得非常周到。家里生活上的许多诸如柴米油盐等琐碎的事，基本上不用李昌祉操心，使李昌祉可以集中精力全身心地投入工作中。

李昌祉与曹依兰感情很好。因此，当李昌祉决定让妻子离开他，离开南京，回到老家乡下去时，竟有些恋恋不舍。

显然，曹依兰也看出来李昌祉有了心事。平时吃饭时，李昌祉不是这样的，他会跟她说一些在外面遇到的事，或是聊点她感兴趣的话题，可是这天李昌祉从外面回来，忽然就没话讲了。李昌祉会勤快地给她碗里搛菜，让她多吃。有时候他还会在吃饭间悄悄地盯着她的脸，看上一眼。这些都是曹依兰的感受中不常有的，所以她觉得一定是有什么事情发生了。吃完饭，曹依兰便不急着收拾碗筷，而是继续坐在那里，等着李昌祉向她说点什么。

李昌祉便向她说了他要说的话。

李昌祉说："你回老家吧，等避开这个风头，过些日子，我再把你接回来。"

李昌祉又说："你要是回到家里嫌憋闷，就到你哥哥、嫂子家住……总之，不管听到什么风声，都不要着急。车到山前必有路，船到桥头自然直。没有过不去的坎，你放心好了！"

曹依兰自然是不愿离开家，但禁不住李昌祉的劝。后来她想，回湖南老家也好，可以不让李昌祉为她分心，集中精力去做自己的事，应对生活中遇到的那些麻烦。

临走前，李昌祉特地嘱托，让她回到老家后，替他常去看望他与前妻王周元生的女儿李水芹。李昌祉说，闺女四岁多了，他这个当父亲的，整天在外奔波，也没尽到责任，心里老觉得对不起她。他让曹依兰去看看她，如果生活上有困难，适当帮助帮助她。

李水芹是李昌祉的女儿。

李水芹的名字，还是李昌祉给起的。

在李昌祉的老家，有一种名叫水芹的菜，特别好吃。

李昌祉从小就喜欢吃这种菜，脆生生的，吃起来特别爽口。再加上当时王周元怀孕时，妊娠反应重，但怪的是，她一吃水芹菜，心里就特别舒服。后来，孩子生下来，王周元说："孩子他爸，给起个名字吧。”李昌祉马上就联想到了水芹。于是，李昌祉说：“就叫水芹吧。这名字适合女孩，叫起来好听。再就是水芹易栽种，田野里随处可见。太阳大了，不怕晒；雨水多了，不怕淹。好种。好活。只要有一点点泥土，就能生根发芽。尤其是到了夏天，一天一个样，没在意，就能长得老高……”李昌祉离开老家后，经常惦记着女儿李水芹。那时候不像现在，有电话，还有视频，想孩子了，只要手指在手机上一戳，就可以了却心愿。那时候通信不便，想女儿时，李昌祉只能放在心里，悄悄地想。后来李昌祉来到南京，得知附近六合县马集镇盛产的水芹具有“长、白、细、嫩、香、脆”的特点，特别高兴。一有机会，他就会让妻子曹依兰买上一点，以此念想着相距遥远的女儿李水芹。

曹依兰说：“昌祉，不用你吩咐，我也会常去看看她。她是你的女儿，也是我的闺女。”

第二天，李昌祉起了个大早，趁着天没亮，就把妻子曹依兰送到了车站。

曹依兰恋恋不舍地走了，带着对丈夫李昌祉的思念，离开了南京。从此夫妻一别，再也没有相见！

4. 生死时速

就在李昌祉紧锣密鼓、抓紧时间处理善后事宜时，谷正伦也没有闲着。

谷正伦在 1932 年 1 月 16 日被蒋介石任命为南京宪兵司令部司令之后，一心谋取“政绩”，接二连三地破获了共产党的几个大案，抓获了诸如中共南京市委书记王善堂、特委书记李耘生等人。到了这一年的 4 月，谷正伦就像打了鸡血一般，恨不能再接再厉，把南京的地下党来个一网打尽！

谷正伦之所以激情高涨，事出有因。俗话说，“同行是冤家”。1932 年 4 月间，突然冒出个作为同行名叫戴笠的竞争对手。据说那个时候，蒋介石的日子很不好过，外有日本人对东三省发动进攻，内有派系纷争不断，可谓焦头烂额。但是蒋介石很聪明，他召开了一个会议，参加会议的有戴笠、贺衷寒、桂永清、康泽、邓文仪、肖赞育等人。他们都是蒋介石的心腹。会上，蒋介石给每人发了一本书《墨索里尼传》。蒋介石不说是什么意思，其实是在暗示。与会者中，最先反应过来的是戴笠。他知道墨索里尼是谁，并知道这个家伙创办了一个黑衫党，说白了，这个黑衫党就是特务组织。后来戴笠就成了新成立的复兴社的特务处处长。

既然戴笠坐上了复兴社特务处长的交椅，就要与谷正伦的宪兵司令部警务处俗称“特务课”的第四课竞争，力争出“政绩”，以便得到蒋介石的赏识。这样一来，谷正伦就有点急了，他必须抢在戴笠的前头出彩。怎么个出彩法？当然是抓共产党了！

好在谷正伦前期抓了不少共产党，他若想事半功倍，只需要从哪个被抓的共党分子身上下功夫，然后顺藤摸瓜即可。于是，谷正伦一方面利用叛徒，继续挖掘他们的潜力，力争利益最大化；另一方面，抓紧对蓝文胜的审讯，希望从中尽快得到他想要得到的东西。

除此之外，谷正伦还加快追查“周先生”的速度。谷正伦清楚地记得，那还是 1931 年 5 月，调查科的徐恩曾派专人给他送来的密件中，首次提到了“周先生”。现在事隔将近一年了，竟然没有查出一点眉目来，实在是让谷正伦感到沮丧！为此，谷正伦下定决心，一定要尽快找到那个让他念念不忘的姓周的人！

李昌祉约了李昌佐在小河边见面。

李昌祉之所以选择那里，是因为那条河离鸡鹅巷不远。1932 年 4 月 1 日，“军统”的前身复兴社特务处成立，戴笠把办公地点选在南京鸡鹅巷 53 号。那里是戴笠的地盘，谷正伦手下的人一般不往那里去。而戴笠的特务处虽然离那条小河近，却属于灯下黑，相对来说，李昌祉在那里和李昌佐见面，比较安全。

在接到李昌祉约定见面的通知后，李昌佐就意识到李昌祉要跟他说什么了。李昌佐眼观六路，耳听八方，在社会上关系特别多，听到的各种消息自然也就多。凭感觉，李昌佐知道当前形势对他们非常不利，敌人接二连三地破获了党的地下组织，抓了许多共产党员；再加上出了叛徒，使原本险恶的环境变得更加险恶。据李昌佐估计，李昌祉八成是要让他撤离南京，毕竟危险步步逼近，随时都有意想不到的事情发生。

应当说，李昌佐的判断是正确的。李昌祉见到李昌佐后，直截了当地通知他，要他立即动身，去江西吉安。

李昌祉说："情况危急，你马上走，这里没有完成的工作，由我来接手。"

江西吉安是个好地方，古称庐陵、吉州，元初取"吉泰民安"之意，改称吉安。那里位于江西省中部，西接湖南省，地处罗霄山脉中段，地理位置好，是赣文化发源地之一。

吉安，在中共历史上有多个第一：第一块革命根据地；第一支红军——红四军；第一所红军医院；第一个颁布土地法；第一个建立省、县级苏维埃政府——江西省苏维埃政权和万安县苏维埃人民委员会。那里有我们的革命根据地，有我们的武装。

李昌祉接着说："1931 年 8 月，我从江西来到南京，曾安排你为宁赣线交通员，往返于南京、南昌、吉安、赣州，传递情报。你对吉安应当熟悉，到了那里，直接和当地的党组织取得联系……"

待李昌祉说完，李昌佐说："我可以走，但你怎么办？"

李昌祉说："我尽快把手上的事情办完，过后就走。"

李昌佐问："也去吉安？"

李昌祉说："我打算去上海，与中共中央上海机关取得联系后，再作考虑。"

李昌佐说："敌人来势凶猛，时间不等人，要走快走，毕竟夜长梦多……"

李昌祉在李昌佐的肩上轻轻拍了拍，然后说："放心吧！ 我在黄埔军校受过专业培训，上过战场打过仗，知道怎么做。 你先走，没准儿我们很快就会见面的。 后会有期！"

说完，李昌祉与李昌佐紧紧地握了握手，然后转身离去。

谷正伦在日本留学期间学的是炮科，但他对日军中的宪兵队特别艳羡。 回国后，谷正伦经过潜心研究，发现日本宪兵队之所以异军突起，成为军中不可忽视的一支力量，在于宪兵队特别重视警务工作，尤其是"特别高等课"，即"特高课"，简直就是警务系统在军队中的再造！ 所以，谷正伦在谋取南京宪兵司令部司令的位置后，亲自挂帅，精心布置，完成了宪兵司令部警务处格局的构造。 他把警务处分为六个课：第一课管总务，第二课管军容风纪以及警卫，第三课管外事，第四课管特务，第五课管刑侦，第六课管司法审讯。 在他看来，警务处最重要的是第四课，即政治警察课，俗称"特务课"。

抓捕共产党属于宪兵司令部第四课的职能范围。 这一天，谷正伦把第四课课长叫到自己的办公室。 在听取了近期情况汇报后，谷正伦向手下的这位课长面授机宜。

谷正伦说："不得不承认，共党分子蓝文胜是个硬汉，无论怎么严刑拷打，竟然守口如瓶，什么都不说。 遇到这样的人，只有自认倒霉。 怎么办？ 正面进攻不行，就从侧面，打迂回战！ 蓝文胜是宪兵系统的人，就在内部排查，凡是和蓝文胜有过接触的人，都要查，一查到底！"

谷正伦接着说："还有那个'周先生'。 据投靠我们的前共党分子交代，人就隐藏在国民党军队里。 不错，南京是首都，部队多，各个军兵种、各个系统的人都有，查起来有难度。 但有难度也要查，不查，是我们的失职！"

谷正伦又说："蒋委员长特别重视宪兵，他说过：'一个优秀的宪兵，相当于一名连长。'我们有这么多的宪兵，如果按这个方式计算，每个宪兵乘以一个连队，实力该有多么雄厚！ 因此，你要把你的人全派出去，在全市给我翻，就算翻个底朝天，也要把共产党翻出来，统统抓到手！”

听完谷正伦的训示，那个第四课的课长态度坚决，当场表态，一定按照司令的命令执行任务，尽快抓到共产党！

看着那个课长离开办公室，谷正伦心想，要是把丁昌继续留在第四课就好了。 丁昌从日本深造回来，特别能干。 丁昌在，就不用他费这么多心思去替下属考虑了。 现在他手下的人都是一些笨蛋，只知道顺从，不知道动脑子去想如何把事情做好。 想到这里，谷正伦忍不住骂了一句：“废物！”

李昌祉在家里翻箱倒柜地找东西。

李昌祉心想，要是妻子曹依兰在家就好了，他需要什么，曹依兰很快就能帮他找出来。 可是曹依兰被他送走了，这会儿正在返回老家的路上。

其实，家里地方不大，又没有多少箱子和柜子，更何况李昌祉已经翻了不止一遍。 他之所以觉得没有找到什么，是因为抱有较高的期望值。 他以为家里总有一些可以拿到典当行去典当的东西，可是找来找去，却没有找到什么能够拿得出手的。 开典当行的商家识货，什么东西值多少钱，一清二楚。 你拿去典当的实物越贵重，越好，越能多兑换一些钱。 这是众所周知的常识。 可问题是，李昌祉费了不少功夫，只找到一件呢子外套和一条纯羊毛的围巾，还算勉强说得过去。虽然眼下时值晚秋，天渐渐冷了，很快就要用到它们，但李昌祉还是决定把这两件看上去还能兑换一点钞票的物件拿去典当。

这几年李昌祉在国民党军队任职，从少校一直升到上校，经济上还算富裕，每个月都能拿到不少的钱。 要是他不租下鸡鹅巷 11 号作为活动场所和联络点，隔三岔五地邀请朋友、同乡前去喝酒、打牌、聊天……进行聚会，完全可以攒下不少的钱。 可是李昌祉对钱，远没有对革命工作的兴趣高。每当他把大把大把的钱投入进去，然后从中打探出很多极有价值的情报，便很高兴，觉得即使花一点钱，也值了！

现在李昌祉在做最坏的打算。他需要把平时积攒的钱，以及把家里值钱的东西拿去典当兑换成钱，托人带走，以便今后作为党的活动经费。

李昌祉拿着从家里找出的一件呢子外套和一条羊毛围巾来到典当行。

这家典当行门面不大，坐落在一条并不宽敞的马路上，乍一看，普普通通，并不引人注目，却是一家老字号，据说已有百年历史。

从事地下工作时间久了，李昌祉每到一个地方，都先是习惯性地观察一下环境，然后才去做自己要做的事。这次也不例外。进门后，李昌祉看了看客厅，接着看了看有没有后门，然后才去看当铺的柜台。李昌祉看见一个中年人，站在柜台后面，目光透过木格窗口，落在他的手中用一块方巾包裹着的东西上。李昌祉心里紧绷的弦略略松懈了一些。凭直觉，他觉得那个中年人是地地道道的生意人。

李昌祉把要典当的东西通过木格窗口递给那个中年人。

“就这些？”中年人接过衣物问。

“就这些。”李昌祉答。

中年人抖开衣物，说：“旧了。”

李昌祉说：“稍微有点旧。八成新吧。”

中年人摇摇头，说：“这年头，衣物不值钱。”

李昌祉说：“我这不是急需用钱吗？你就看着给好了。”

中年人伸出手指，比画了个数，然后说：“这还是照顾你了呢。”

李昌祉说：“不能再加一点？”

中年人说：“再加我就亏了！”

李昌祉说：“那好吧。”

李昌祉说完，从腕上摘下手表，递过去。

中年人眼睛亮了一下，瞬间恢复成原样，然后把手表递到眼前，仔仔细细地看了起来。

这块“万国牌”手表，是一家瑞士公司生产的。北伐途中，李昌祉的一个非常要好的战友作战中身负重伤，临去世前，将这块手表送给他留作纪念。那位战友用断断续续的声音说：“我不行了……用不着了，你留着吧……”那位战友出身于大户人家，家里很有钱，手表是他父亲给他买的，据说花了不少的钞票。李昌祉曾问过他，什么表，这么值钱？他说那表是块名表，生产厂家为瑞士早期的机械制表企业之一。他说这种表的所有零件，都是人工制造，相当精确，堪称品质超凡。他说，厂家自1868年起，每生产出一只表，都有登记，以至于这么多年来，手表出厂登记簿已集有很多册。他还说，尤其让人惊叹不已的是，登记簿中详细记录了合约编号、表壳后的编号、所使用的材质、该表的重量、制表师傅的姓名、完成日期以及钟表商或购表人的姓名等资料。比如俄国沙皇斐迪南一世、教宗皮耶斯九世……后来那个战友牺牲后，李昌祉一直把这块表戴在手上。现在，要不是情况危急，想到为组织上多积攒一些活动经费，显然李昌祉是不会将这块手表典当的。

当铺柜台里的那个中年人识货，他对李昌祉说：“这个表不错，值点钱。”

李昌祉说：“岂止是值点钱，而是很值钱！”

李昌祉接着说：“英国首相手腕上都戴着一只这样的表呢！”

那个中年人知道李昌祉懂行，立马不吭声了。

当了衣物和手表，走出典当行的李昌祉，步履轻松了许多……

1932年的秋天，谷正伦一心想抓住那个代号叫作“周先生”的共产党。他布置了手下的人，按照他的思路，在国民党军队内部查找。这样一来，随着查找的进程加快，搜寻的范围越来越小，敌人似乎已经感觉到了什么，像是猎犬接近目标，兴奋度大幅提高，就差最后的飞身一扑了！

李昌祉当然感觉到了危险的步步逼近。李昌祉并不慌张，他沉着冷静地应对着，有条不紊地做着善后工作。在这种时候，李昌祉地下工作者的特有素质显现出来，他分明已经看到了刀光剑影，却头脑越发清醒，临阵不乱。他把需要做的事一件件想好了，然后付诸实施。他的效率很高，短时间内，就把该处理的事一一处理得差不多了。

这样一来，较量中的双方都在分秒必争，暗暗使劲。

最后的关头就要到了！

5. 一个寒冷的日子

11月的南京，天气开始转冷，有风从窗户缝里吹着口哨挤进来，凉飕飕的。

妻子曹依兰离开家后，李昌祉的早饭就不按时了，想起来，胡乱弄点吃的，能够填饱肚子就行；想不起来，索性不吃，饿了，或忍着，或喝杯水充饥。

这天早晨，李昌祉就没有吃饭。他的心思不在吃饭上。他在想自己的事。

那天，上级紧急启动备用联络方式，通知他迅速撤离。李昌祉表示暂时不能走，他有许多善后工作需要做。后来上级同意了他的意见，决定一旦等他手头上的事情处理完毕，即赴上海，直接与党中央取得联系。届时，上级将他与上海方面联络的具体方法通过密语写就的信件告诉他。现在，李昌祉就在等那封信。他感觉到送信的人已经出发，正踩着一辆陈旧的自行车，穿过一条条小巷，向他这个方向驶来。

想象中，李昌祉接到信，然后第一时间迅速出发，直奔火车站。数小时后，他将抵达上海。按照李昌祉的判断，大凡隐蔽战线上暴露了身份的地下工作者，一般情况下，上海有关方面不会再安排此人继续潜伏了。届时，党中央会分配他去江西苏区的革命根据地，从事武装斗争。如果那样，李昌祉将非常乐意。毕竟他是黄埔军校的毕业生，参加过北伐，上过战场，他希望自己能够成为红军队伍中光荣的一员，头戴八角帽，身穿灰布军装，扎着绑腿，很精干的样子，然后拿着武器，冲锋陷阵，真刀真枪地和敌人面对面地干！这样想来，李昌祉就特别开心。

后来，要不是肚子饿，想喝点水，在烧开水时发现烧水的白铁壶不知什么时候漏了，也许李昌祉还会沉浸在想象的快乐中。

壶漏，烧不成水了。李昌祉放下水壶，接着又拿起。他下意识地走到窗前，透过窗玻璃，朝离家不远的马路对面的白铁铺望了望。白铁铺开门了。开铺子的师傅正在一锤锤地敲铁皮。因是邻居，李昌祉和那个师傅熟悉，心想找师傅修补一下用不了多少时间。这样想着，李昌祉就出门，手里提着水壶，朝白铁铺走去……

同样是在这一天上午，谷正伦手下的人向他报告，已经锁定了“周先生”的目标。

谷正伦听了非常高兴：“具体位置在哪里？”

手下的人说：“一支圆。”

“一支圆”是个地名。李昌祉家住的地方。

谷正伦马上在地图上查看。他一边查看一边问：“消息确凿？”

手下人说：“八九不离十。”

手下人又说：“我们的人正往那里赶。”

谷正伦说：“千万不要打草惊蛇。”

谷正伦说：“到了那里，先不要急，把网撒开，然后再抓人。”

接着，谷正伦想了想又说：“不要上门抓人，那样对方会拒捕。要诱捕。懂吗？”

手下的人问：“怎么个诱捕法？”

谷正伦说：“你们在宪兵训练所，教官没教你们吗？动脑子想一想好不好！”

随后谷正伦向手下的人支招儿，说："你们趁他不防备时喊一声，周先生，有你的信！ 如果那人真是周先生，条件反射，他会下意识地答应一声。 这样一来，对方的身份就确定了。 至于下一步怎么办，我不说，你们也知道！"

你别说，谷正伦的这一招挺狠，看似随意性地想到"周先生，有你的信"这步棋，恰恰与生活中李昌祉的需求发生了巧合。 这真是应了一句老话，"无巧不成书"。

李昌祉提着水壶出门后，没有急于过马路往对面的白铁铺那里走，职业习惯让他随时随地都保持着高度的警惕性。 这不，他装作系鞋带，蹲下身子朝四处看了看，没发现什么异常情况，于是站起身来，准备往白铁铺的方向走。

可是刚走了两步，李昌祉停了下来。 他犹豫片刻，觉得没有必要在这个时候修水壶。 你想啊，都什么时候了，只要收到上级给他的用密语写的信，他就要离开家去上海。 此一去，回来的概率几乎为零，因此，修这个水壶干什么呢？ 仅仅是为了喝开水吗？ 如果饿，或是渴，忍一忍也就过去了。 所以，不需要修壶了！

然而，就在李昌祉准备转身回家的时候，心里出现了另一种声音。 那声音在说，为什么不去修水壶啊？ 不就是要走了吗？ 即使是走，也要走得有尊严，该喝水的时候喝水，该修壶的时候修壶，生活中原本什么样，就该是什么样。 这叫什么？ 叫坦荡，叫率性，叫本真，叫风度！

这样想来，李昌祉便接着往白铁铺走去。

这时候的白铁铺，和平时没有什么两样，铺子的门仍然大敞，师傅蹲在地上用铁锤敲铁皮。 每敲一下，他就用手转一下手上的铁皮，以至于铁锤的敲打声此起彼伏，节奏均匀，有一种类似打击乐的特殊效果。

李昌祉走到师傅跟前，敲打声骤然停了下来。

师傅抬起头，见是街坊邻居，就说："怎么啦，壶漏了？"

李昌祉点点头。

李昌祉说："能修一下吗？"

师傅伸手接过壶，在漏水的地方仔细看了看，说："老壶了，不值得换底。锔个补丁吧，锔好还能凑合着用。"

李昌祉说："行啊，要多长时间？"

师傅说："快，用不了一支烟的工夫。"

李昌祉就等。

就在李昌祉等的时候，身后传来一个声音："周先生，有你的信！"

要在以往，李昌祉即使听到这样的声音，也绝对不会答应。但这一回情况不同了，李昌祉太渴望收到上级给他的用密语写的信了。于是乎，李昌祉下意识地回应了一声，然后回过身来。这时候，李昌祉看到了一个年轻人，穿着普普通通市民在这个季节常穿的那种衣服，微笑着，正朝他看。李昌祉在与那个年轻人对上目光时，对方的眼神一瞬间并没有丝毫的躲闪，这让李昌祉多多少少放下心来。于是，李昌祉上前一步，从那人手里接过信。

那人没有走。

那人说："让他送信的是一位先生，在那边等你回话。"

说着，那人朝马路的另一端努了努嘴，很神秘的样子。

李昌祉把信揣进衣服口袋，犹豫片刻，随后跟那个年轻人一起上了一辆黄包车。

黄包车的车夫待他们坐稳，头也不回，拉起车就走。

车走得很快。

刚走出二十多米远，李昌祉感觉不对劲，他让车夫把车停下来。

车夫不仅没停，反而把车拉得更快了。

李昌祉发现情况不妙，欲跳车，被身边送信的年轻人死死拉住不放。李昌祉挥拳，狠狠地击向那个年轻人。对方的面部挨了李昌祉一拳，鼻子立即出血，鲜红的血弄得满脸开花，痛得那家伙嗷嗷直叫唤。尽管如此，那个年轻人仍旧抓住李昌祉不松手。李昌祉火了，一记倒勾拳，只听拳头击打在那家伙的脸上，发出“砰”的一声，与此同时，对方嘴里喷出几颗牙，手松了开来。李昌祉趁机跳下车，朝一个小巷子跑去。

刚进入那条小巷，李昌祉就意识到中了埋伏，敌人从小巷的另一头围了过来。于是，李昌祉转身往回跑。他跑到马路上，正打算拐进另一条巷子，岂知巷子里早已有人在等着他，见他来了，一拥而上，想把他拿下。

李昌祉看这阵势，就知道敌人早有准备，张着一个大网在等着他。再看四周，所有的路口都被敌人堵死，并且敌人正在缩小包围圈，从多个方向向他压过来。至此，李昌祉逃生的可能性几乎为零。见此状况，李昌祉索性不跑了，他站在路的中央，静静地等待着危险的到来。

这时，李昌祉从迎面走过来的敌人中发现了一张熟悉的脸，尽管这个人把帽檐拉得很低，躲在他人身后，但李昌祉还是认出了他。这个人原名文建勋，早年参加过北伐，后更名文步血。看见这个人，李昌祉就知道为什么敌人会如此精准地在他的居住地诱捕他了。组织内部出了叛徒，文步血把他出卖给了敌人！

包围圈越来越小。

敌人把李昌祉团团围住。

带人抓捕李昌祉的敌方小头目名叫曾梯，他握着手枪走到李昌祉的面前，得意地说：“你跑也没用，这地方早就被我们包围了。怎么样，跟我走吧，谷司令正等着你呢！”李昌祉说：“那好啊，那我就去见见谷正伦吧！”说着，趁曾梯不防，抬起脚，朝他的裤裆狠狠地踢去，只听一声惨叫，曾梯弯下腰，手捂要害部位，痛得双腿弯曲，在原地直蹦直跳！

曾梯手下人见状，一拥而上，把李昌祉死死抓住，然后押上了警车……

警车狂鸣，在大街上疾驰。

当刺耳的警笛不再鸣叫时，车已停在宪兵司令部的看守所门前。李昌祉在蓝文胜被捕后来过这地方，他远距离观察过这里的地形地物，曾有过寻找机会营救蓝文胜的想法，所以对这里并不陌生。

下车后，敌人如临大敌，荷枪实弹，重兵押着李昌祉向牢房走去。

走道的两旁，是一间接一间的监房。许是听到杂乱的脚步声，监房里的被关押者纷纷靠近铁窗，向外张望。这时候，李昌祉看到了蓝文胜，以及一些战友熟悉的面容。李昌祉把戴着手铐的双手举起来，频频挥动，向他们致意。

李昌祉一边挥手，一边充满激情地说："黄埔的同学们，我们又见面了！"

一个声音在大声回应："他乡遇故知，乃人生一大乐事也！"听声音，李昌祉就知道是蓝文胜。

李昌祉心想，这里何尝不是战场？他将在这新的战场上，与战友们冲锋陷阵，并肩战斗！

第七章 英雄本色

1. 出击、出击

抓住了“周先生”李昌祉，谷正伦特别开心。

谷正伦一心想让这种开心延续下去，于是琢磨来琢磨去，想出一个好主意——庭审。

谷正伦为什么会在这个时候想到庭审?

事出有因。

就在抓到李昌祉之前，社会上发生了一件家喻户晓的大事，即1932年10月15日，被共产党开除了党籍的陈独秀，被国民党当局逮捕。为此，《世界日报》还特地刊登了一幅漫画，内容是“主人公是受尽皮肉之苦的陈独秀——共产党一拳把他打伤了，国民党两拳把他打昏了”。可见此事影响有多大！

陈独秀被捕，令社会各界纷纷瞩目，以至于蒋介石在中山公园散步，竟被记者团团围住，问及陈独秀事件。蒋介石说：“独秀虽已非共党之首领，然近年共党杀人放火，独秀乃始作俑者，盖不可不明正典刑。”

实际上，据谷正伦所知，蒋介石得知陈独秀被押到南京，一夜未合眼，第二天召见部下何应钦，问：“如何处置此事？”何应钦想了想说：“半谈宣言，半询问。”于是，10 月 25 日，陈独秀被接到军政部会客室。何应钦把一份事先准备好的曾在北伐前国共第一次合作时签订的《两党领袖联合宣言》递给陈独秀。当时，陈独秀是两党联合的发起人，也是签字人。何应钦劝陈独秀合作。陈独秀没有答应。颇为有趣的是，何应钦走后，军政部的工作人员竟争相围住陈独秀索要墨宝。陈独秀欣然挥笔，写下“三军可夺帅，匹夫不可夺志也”“先天下之忧而忧，后天下之乐而乐”……此小小插曲，竟被记者获知，登上了当日的报纸！

蒋介石见何应钦劝说陈独秀无效，即与陈立夫等人研究，决定对陈独秀进行公开庭审！

谷正伦消息灵通，得知庭审陈独秀是蒋介石拍板定案的，就明白蒋介石的用意了。有道是，自从中华民国建国以来，法制建设日趋成熟，省、市、县参议组织陆续成立，有关参议员选举条例也日渐完备。国民政府的法规包括宪法、民法、刑法、商法、诉讼法和法院组织法，号称“六法全书”，已构成了国民政府法律制度的基本框架。蒋介石庭审陈独秀的目的，是想借助具有广泛影响力的这件事，给国民及国际社会留下法制国家的美好印象。那么，在陈独秀案尚未开庭前，如果谷正伦策划一次庭审李昌祉，会是怎么样的情景呢？会得到蒋介石的欢心；会让蒋介石觉得他谷正伦很能干；会让社会各界认为宪兵司令谷正伦不光会抓人，还懂法，讲究法制法规！

这样想来，谷正伦就很兴奋，于是说干就干。他立即布置手下的人，务必赶在当局公审陈独秀之前，抢先一步，对李昌祉进行庭审！

手下的人问：“怎么个庭审法？”

谷正伦说：“这还用问吗？国民政府在1927年就颁布了《惩治盗匪暂行条例》，1928年又颁布了《暂行反革命治罪法》。告诉法院，给李昌祉定个‘危害民国罪’，绰绰有余！”

既然公开庭审，被告就得请辩护律师。

当谷正伦手下的人把公开庭审的程序告诉李昌祉时，李昌祉觉得可笑，这不是既要当婊子，又要立牌坊嘛！他劝对方不要玩花样，那样容易得不偿失！

对方说：“公开庭审是必须的。定下来的事，不可更改。”

对方又说：“请个律师吧，对你有好处！”

李昌祉就笑，说：“请律师需要钱，我手上可是一个铜板都没有！”

对方说：“上了法庭，没有人给你辩护，那你可要吃大亏了……”

李昌祉说：“不用你操心了，届时我自己给自己辩护！”

过后，李昌祉心想，公开庭审可遇不可求，是一件天大的好事！你想啊，国民党当局这么做，无非是想往脸上贴金，把社会装扮成讲究法制的社会，把自己装扮成讲道理的“文明人”。那么，开庭时，他们肯定要煞有介事地搞个陪审团，把各大媒体的记者们请来，甚至给几个名额，让有所选择的社会上的个别人前来旁听……这样就好，他李昌祉就有说话的机会了。于是，李昌祉想到了届时要出击、出击，再出击！通过庭审这个合法的平台，控诉国民党的倒行逆施，打他个措手不及！

如果这样，不妨再想一想，会是一个什么样的结果呢？无疑，结果只有一个，即弄得敌人搬起石头砸自己的脚，出力不讨好。届时，他在法庭上慷慨陈词，滔滔不绝；而对方乱作一团，糟糕透顶，直至颜面丢尽，不好收场……

李昌祉要的，正是那样的效果！

开庭了。

法庭内外灯光明亮，一片肃静。

法官就座。

陪审团就座。

旁听者就座。

李昌祉面带微笑地站在被告席上。

新闻记者纷纷举起手中的照相机……

起诉人开始程式化地念起诉书。

起诉人说：“被告李昌祉，1906 年生于湖南嘉禾县盘江乡石马李家村。家境贫困，幼时过继给叔父为嗣。民国十三年（1924）考入县甲种师范。民国十四年（1925）加入中国社会主义青年团。民国十五年（1926）春考入广州宪兵教练所，并加入共产党。同年，参加了北伐战争。民国十六年（1927）夏，在蒋先云部七十七团任排长。后返乡，在县立第一高等小学任体育教员。民国十九年（1930）夏，以“周先生”为代号，潜入南京国民党军事系统内部，伺机作乱，图谋不轨，企图组织武装暴动，颠覆政府。民国二十一年（1932）11 月被正式逮捕……”

起诉人说：“李犯昌祉，多年来，以‘危害民国’为目的，妄图以革命政权代替国民党政权，并积极付诸实施，触犯了《危害民国紧急治罪法》，证据确凿，负有不可饶恕的刑事责任……”

李昌祉静静地听着，依旧面带微笑。

等到起诉人说完，法官问李昌祉：“你听清楚了没有？”

李昌祉答：“听清楚了。”

法官问：“情况是否属实？”

李昌祉答：“基本属实。只是本人并没有犯罪！”

法官问："那你为什么要参加共产党？"

李昌祉答："因为共产党比其他政党更了解中国社会所存在的各种问题，更清楚这些问题产生的原因和背景，更明白如何去解决这些问题。"

李昌祉答："纵观20世纪初的中国，在帝国主义、封建主义的黑暗统治下，国家四分五裂，军阀连年混战，人民生活在水深火热之中。谁能改变这一现状？唯有共产党！自从中国共产党成立那一天起，她的身上就开始担负起沉重的民族使命，完成孙中山所带领的旧时代的英雄队伍所未完成的民族使命。"

李昌祉答："中国共产党是为实现民族独立、人民解放、国家富强、民族复兴而生，她的最终目的，是要在中国实现共产主义制度……"

李昌祉答："我自愿加入共产党，不是为了物质，为了钱，而是为了精神追求与人生信仰。在国家兴衰、民族存亡的紧急关头，共产党给我，以及像我这样的有着崇高理想和坚定信念的年轻人，指明了前进的方向！"

法官问："难道你不知道吗？共产党在从事颠覆民国政府的活动。"

李昌祉答："当然知道。问题在于，国民党政府不该被推翻吗？！这个政府代表谁的利益？代表的是大资产阶级、大地主阶级的利益！在政治上，他们实行法西斯独裁，不讲民主，排除异己。在经济上，毫无作为，维护的是帝国主义列强的利益。他们早已背叛了孙中山的三民主义，背叛了革命，长期反共，大打内战，始终与人民为敌。他们实行专制统治，漠视民生。他们虽然口口声声把孙中山的三民主义作为建国之宗旨，却是挂羊头卖狗肉，口是心非。他们贪污腐败，丧失人性，弄得经济萎缩，通货膨胀，社会不宁，民不聊生。他们面对日寇入侵，不仅节节败退，不加抵抗，反而提出了'攘外必先安内'的政策，宁置国家沦亡而不顾……这样的政府，早就应当被推翻了！"

法官听了，大惊，连忙让李昌祉止住。

法官说："你这是在进行赤色宣传，咆哮公堂！"

法官又说："定你'危害民国罪'，毫不冤枉……"

李昌祉大笑。

李昌祉说："你们定我有罪就有罪啦？简直岂有此理！"

李昌祉又说："你们抬起头来看一看，法庭上高悬孙中山的遗像。孙中山的三民主义被你们信奉为基本纲领。可是你们知道吗？孙中山说过：'三民主义即社会主义，亦即共产主义。'孙中山还说：'共产主义是三民主义的好朋友。''同志们说我的民生主义不是共产主义。他们不了解民生主义与共产主义原则上不存在任何差别，差别只在于其实现目的的方法不同。'孙中山在这里所说的方法不同，指的是'殊途同归'的意思。我信仰共产主义，你们就认定我犯有'危害民国罪'。那么，若是按照创建了民国的孙中山关于三民主义与共产主义的说法，是否你们也要给他定罪？！"

李昌祉接着说："好一个'危害民国罪'，其实民国、民国，应当是人民之国。可是你们看看，民国还有人民之国的样子吗？孙中山说：'民生就是人民的生活——社会的生存、国民的生计、群众的生命……民生就是政治的中心，就是经济的中心和种种历史活动的中心。'百姓生活苦不堪言，国家又为他们做到了什么？！"

……

李昌祉庭审中的慷慨陈词、大义凛然，让法官无所适从。到后来，李昌祉英勇出击，竟把法庭当成了控诉国民党当局的阵地，口若悬河，侃侃而谈！

在场记者见状，不失时机地举起照相机，对准李昌祉，频频按下快门，以至于不断闪烁的镁光灯，把现场的气氛推向了高潮！

法官慌了手脚，于无可奈何之际，只好匆匆宣布休庭。

谷正伦抱着很高的期望值，关注着对李昌祉的庭审。

为了搞好这次庭审，谷正伦与法院及法官进行过沟通，跟新闻媒体打过招呼，并对陪审团的成员进行了资格审核。在谷正伦看来，此事万无一失，好戏一旦开场，就静等佳音了。

在谷正伦的想象中，李昌祉哪见过如此庞大的庭审阵势，到了法庭，不要说辩护了，就是往那里一站，在法官的威严震慑下，被新闻记者照相机的镁光灯一闪，心理防线就该崩塌了。到时候，起诉人起诉完毕，法官让他认罪，他就束手无策，乖乖地认罪了！这样想来，谷正伦就觉得心里美滋滋的，一切都在自己的掌控之中！

估计庭审进行得差不多了，手下的人该来报告好消息了，谷正伦坐不住了，索性背着手，满脸喜色地在办公室里来来回回地踱步，等待着来人汇报庭审的情况。

手下的人倒是如期而至，只是给谷正伦带来的是坏消息。

手下的人支支吾吾地把庭审的情况向谷正伦汇报后，谷正伦气急败坏，连连说："怎么会是这样的呢？怎么会成这样了呢！"说完，操起办公桌上的茶杯，狠狠地扔在地上。只听"咣"的一声，茶杯摔成了碎片！

既然庭审弄成了这样，谷正伦也就不再搞什么二审了，对李昌祉的庭审到此结束，过后不了了之，谷正伦再也不提了。

对谷正伦来说，庭审李昌祉，成了他政治生涯中一件很丢脸的事，一想起来，心里就隐隐作痛……

2. 最先战胜谁

李昌祉苏醒了。

李昌祉是被冷水泼醒的。李昌祉醒来后，下意识地动一动胳膊，可是动不了，胳膊被结实的铁链捆绑在木柱上。这时，他恢复了记忆，知道自己仍旧是在刑讯室里受刑。

敌人本以为公开庭审就可以达到目的，让李昌祉低头认罪，可是算盘打错了。李昌祉在法庭上寸步不让，奋起反击，让法官及陪审团的成员们大跌眼镜！ 过后，让敌人悔得肠子都青了，后悔不该想出庭审这样的下策，丢尽了脸面不说，还给了新闻媒体一个看笑话的机会，得不偿失！

既然不再公开庭审，敌人便重拾以往的做法，对李昌祉进行严刑逼供。

李昌祉在被捕之日就做好了皮肉受苦的思想准备，但当他被带到刑讯室，被敌人用蘸水的皮鞭一下一下往身上使劲地抽打时，才体会到当初的准备是多么肤浅。 那皮鞭每抽一下，他的身上就像是被生生地撕扯下一块肉！ 不多会儿，他便体无完肤，鲜血直流。

打手们挥鞭抽打了一阵子，打得累了，才住手。

接下来由审讯的人上场。

那人说："你招了吧，免得再受苦。"

那人又说："这苦可不是一般人能够忍受的。 即使你挺得住，受得了鞭打，但你看看，这屋子里有百般刑具，你能一一扛得住吗？ 年轻人，识时务者为俊杰，苦海无边，回头是岸！"

李昌祉不说话。

那人再问，李昌祉轻蔑地看了他一眼，然后朝他吐了一口血水！

那人一挥手，刚刚歇了一会儿的打手又挥动皮鞭，一下一下拼命地往李昌祉身上抽。 李昌祉咬紧牙关坚持着。 每挨一鞭，他就在心里数着，后来，数着数着，就数不清了。 他被打昏了过去……

当李昌祉被打手用冷水泼醒时，他反而很庆幸，庆幸自己能够醒来。 其实，李昌祉最害怕的不是受刑，而是在受刑昏迷的过程中，万一被对方套话，说出了什么不该说的，那就麻烦了。

现在李昌祉已不知自己是第几次被冷水泼醒了。 他觉得醒了就好，醒了就可以鼓励自己与敌人继续较量：你不是能打吗？ 那你就打吧，看看是你能打，还是我能扛得住！ 于是，李昌祉又在心里暗暗地数自己身上落下了多少次皮鞭。 他一次一次地数着，数得专心致志。 他希望能够全身心地投入数数上来，这样，也许会减轻鞭打的疼痛……

南京宪兵司令部看守所的刑讯室，紧挨着牢房。敌人每每审讯人，就会打开牢房，喊着被关押人在狱中的编号，然后直接把人带到刑讯室。当时建看守所时，敌人特地把牢房建得离刑讯室那么近，似乎图的就是方便。

大凡被关押在宪兵司令部看守所里的共产党人、其他民主党派人士及嫌疑犯等，除了极个别经不住考验当了叛徒，其余的几乎没有一个不经受酷刑的。这里的敌人有着明确的分工，一类专管审讯，一类专司用刑。要说专管审讯的人，并没有什么技巧，无非是程式化地问这问那；后一类专职打手则不同，多多少少具有专长，他们会熟练地使用各种刑具，并知道这些刑具用在被审讯人身上，在哪个部位最为有效。

比如，审讯的人在审问时，先是讲一下所谓的政策，然后让对方交代。如果对方不配合，审讯人便黑下脸来，一拍桌子，厉声喊道："给我吊起来！"

要是你以为只是把人吊起来那么简单，那就低估了打手们的专业技巧。虽然屋梁上事先就挂有两根专门用来吊人的绳子，但真正吊人时，并不是用绳子把人捆起来吊到梁上就完事，而是用细麻绳子将受刑者的两个大拇指系紧，接着一声大喊："吊——"绳子一拉，就将人吊离了地面。最初打手们让受刑者的脚尖刚刚够着地，然后将绳子往固定的钩子上一挂，由审讯人继续审讯。不消一两分钟，受刑者即使力气再大，也得疼得满头大汗。这时，如果受刑者仍旧不招供，审讯人一挥手，打手大喊一声："扯——"受刑者身子随即悬空，这时人的全部体重都落到两根大拇指上，再看身子，挣扎着，扭曲着，痛苦不堪！要是受刑者还是不吐露实话，就这么吊着，吊不了多一阵子，人就昏死过去。然后打手用冷水把人泼醒，继续吊着……几个回合折腾下来，人整个儿就像在地狱走了一遭，恨不能立即就死，也心甘情愿！

比如上电刑。打手们把受刑者固定在专门制作的坐椅上，如果受刑者不坦白交代，对方便按动电钮，瞬间电流流遍全身，人会在一刹那被电击得心脏狂跳不止，如同万箭穿心；浑身肌肉痉挛，止不住地抖动；全身的每一个器官，都同时出现功能紊乱。这时，受刑者会呕吐、大小便失禁，有时还会口鼻流血！与此同时，电流的烧灼还会使身体的颜色一直在变化，肌肉膨胀，发出焦煳的异味，甚至着火。这种痛苦与其他用刑造成的感觉不同，让受刑者极其难以忍受，即使再坚强的人，在强烈电流的刺激下，也会禁不住狂喊狂叫……电刑的功能，还在于可以造成受刑者神经系统的错乱，往往会在意志控制不住的情况下，不由自主地招供。据说，一个人在遭受两三次电刑之后，就会变得神情呆滞、反应迟钝，身心受到极大摧残。更恐怖的是，承受其他酷刑的痛苦达到极点时，会产生麻木的感觉，而电刑不会。当受刑者反复承受电刑时，痛苦程度会一次比一次强烈，且即使到了难以忍受的地步，也不大会昏迷……

除此之外，还有坐老虎凳、灌辣椒水、用烧红的烙铁烙，等等。

不妨设身处地地想一想，每一个人的生命，都是由肉体组成的，身体有着相有的疼痛感，有着并非特殊构造的神经系统。那些灭绝人性的严刑拷打，以及变态的非人折磨与摧残，是对生命极限的恶意挑战。从这个意义上来说，革命者能够面对敌人的严刑拷打，宁愿牺牲自己，也不放弃崇高的理想与信念，做到严守党的秘密，坚贞不屈，使后来者钦佩至极、感动不已！

李昌祉就是这样的英雄。

李昌祉在狱中多次受刑，直到把敌人认为一般人承受不了的刑具一一领教了个遍，也没有向敌人表现出丝毫的屈服！

如果有意识地把李昌祉的思想境界拔高，反而会对英雄造成某种程度上的损伤。虽然人都是肉体凡胎，但人与人是有区别的。有的人坚强，有的人懦弱。李昌祉属于前者。

其实，在受刑中，李昌祉想方设法积极应对。比如他在疼痛难忍的时候，常常转移注意力。作为一种常识，生活中，有些事你越是在意它、关注它，它就越是紧跟着你不放，往你的心里钻；反之，则情况相对有所改善。这在心理学上，是一种行之有效的具有科学依据的调节方法。因为注意力转移，一方面中止了不良刺激源的作用，防止了不良情绪的泛化、蔓延；另一方面，通过调整，有意识地把注意力从引起不良情绪反应的刺激情境，转移到其他事物上去。这样就可以相对减轻心理、生理上的痛感。

这里需要说明的是，注意力的转移与注意力的分散有着本质的区别。注意力的转移是根据新任务的需要，主动地把注意力转移到新的对象上，使一种活动合理地代替另一种活动，是一个人注意力灵活性的表现。注意力的分散是由于受到无关刺激的干扰，使自己的注意力离开了需要注意的对象，而不自觉地转移到无关活动上。

注意力的转移有一个过程，这正是开始做一件事情时，觉得有些困难的原因，也就是所谓的“万事开头难”。但李昌祉很快熟练掌握了这个过程，以至于后来他能及时转换注意力，做到进退自如。

后来，只要受刑，他就会采取注意力转移的方式，进行积极的应对。在这期间，李昌祉思绪飘飞，时而穿越时空，回望年少时的难忘时光；时而瞩目黄埔军校，再现当时火热的生活。

比如，李昌祉想起他小时候在乡间，见一土豪远远地走过来，就和小伙伴一起，在他即将通过的路上，用树枝在地上写上“打倒土豪劣绅”之类的标语口号，然后躲起来。当那个土豪迈着四方步，慢慢悠悠走过来，看到地上的字，大惊失色，慌里慌张地向周围张望，接着又慌里慌张地逃离时，李昌祉和伙伴们开心地笑了。

比如，李昌祉上学时，喜欢听村里的老一辈人讲农民起义的故事，其中尹尚英是他儿时心目中的英雄之一。当李昌祉受刑时，他就会重温当年听到的那些故事，让自己穿越时空，回到嘉禾县塘村圩尹郭村，回到村里的尹家祠堂，看尹尚英是怎样聚集民众两千多人，宣告起义，建立天地会的。他们用红巾裹头，手持大刀长矛，活动在桂阳、临武、蓝山一带。他们英勇善战，杀富济贫，很快队伍就发展到两万余人。三年多的时间，起义部队在尹尚英的带领下，先后四次攻打嘉禾县城。咸丰三年（1853）六月间，他们杀恶霸李昌言等十余人，斩蓝山前来驰援的总兵，声威大振，起义军人数猛增至四万余人……

比如，李昌祉参加北伐，和战友们一路攻城拔寨，所向披靡。在一次战斗中，敌人凭借山势陡峭，进行阻击。部队几次进攻，伤亡不小，却未能奏效。这时候，李昌祉见时已黄昏，便向营长建议，不妨采取夜间偷袭的方式，组织十来个人，从山一侧的悬崖峭壁攀登上去，打敌人一个措手不及。后来，营长把夜袭任务交给了李昌祉。当夜，李昌祉带领小分队，趁着天黑，神不知鬼不觉地攀崖而上，以突袭方式，如同尖刀一般直插敌人心脏，一举捣毁了对方的阵地!

比如，那一年，他回乡在县立第一高等小学担任体育教员，忽然间接到一封由同学转来的信。那封信是李韶九和萧克写给他的，约他到南昌见面。当时李昌祉欣喜万分，他知道李韶九和萧克的身份，知道党组织正想方设法通过他的同乡和同学与他联系。也就是说，尽管大革命失败了，但是党组织没有忘记他，一直在寻找他……接到信后的第二天，李昌祉就离开家乡，赶往南昌……

每当李昌祉转移注意力，回想往事时，他都十分投入，以至于有一种身临其境的感觉。这样一来，李昌祉觉得自己拥有了新的武器，面对任何一次刑讯，他都在心理上把它当作战场，面对面地与敌人进行战斗。

连续经受严刑拷打，李昌祉总是旧伤未好又添新伤，遍体伤痕累累，身体越来越差，有时候连说话的力气都没有，整个人昏昏沉沉，就像是一片云，忽上忽下，呈飘浮状态。但他的思维异常清晰。他意识到，与其说是在与敌人较量，不如说是进行一个人的战争，他最先要战胜的，不是别人，而是自己。

为什么这样说呢?

因为一个人最大的敌人，就是自己。你强大了，你的底气就足，信心就足，斗志也就更加旺盛。所以，别看面对的是敌人，实际上，也需要面对自己。他心里很清楚，要想战胜恐惧，首先要战胜自己；要想战胜疼痛，更需要战胜自己。人生就是一个不断战胜自己的过程。你想获得生命的精彩，你想发掘自身的潜能，你想严守心中的秘密，你想活得更加高尚、更加纯粹，就要先打赢自己，从不自觉走向自觉，直至战胜痛苦、战胜懦弱、战胜恐惧、战胜艰难、战胜生理极限，战胜你需要战胜的一切!

既然现实生活中注定要发生一个人的战争，并且在这场战争中先要战胜自己，那么，李昌祉希望自己挺直腰杆，站直了，别趴下，做到生命不止，战斗不息，冲锋在前，永远打胜仗!

3. 攥紧铁拳

敌人无法通过刑讯撬开李昌祉的嘴巴。他们耗尽了心思，费尽了力气，最终，也没有达到目的。你想啊，任你采取什么方法拷打，对方都没有反应。到了你打他，他不喊，也不叫，似乎失去了疼痛感；你问他话，他不回答，就像没有听到，整个儿把自己置之度外，好像跟你没有半点关系的地步。这样一来，皮鞭打在他的身上，同打在沙袋上没有什么两样，久而久之，敌人就觉得乏味了，以至于觉得这个人非同凡响，根本无法对付。结果，很是无奈的敌人，只好将刑讯暂告一段落，将李昌祉继续关押。

李昌祉在牢房里昏睡了好多天，等身上的伤口愈合了，才渐渐有了一点力气。他努力地站起来，扶着墙，一瘸一拐地来回走动。尽管走动得十分艰难，李昌祉也要走。他需要恢复体能，以便长期和敌人做斗争。

在接下来的日子里，李昌祉除了坚持锻炼身体外，考虑最多的一个问题是：敌人能囚禁我的身体，但不能禁锢我的思想，我不能被动地被关在狭小的牢房里束手就擒，而是要主动出击。眼下，敌人把我们关在一间间的牢房里，也就等于把原先的一个整体分割成了若干碎片；如果我们经过整合，想办法把若干碎片重新恢复成一个整体，那样不就可以把张开的五指攥紧，攥成一个拳头，形成合力，更加有力地对付敌人吗?!

这样想来，李昌祉就觉得有如下事情要做：首先，想办法与蓝文胜取得联系，通过交换意见，达成共识；其次，明确分工，逐个考察各个监室难友们的政治面目和态度，在此基础上，建立狱中党支部；再次，建立了党支部之后，积极组织党员展开对敌斗争，必要时，为越狱进行必要的准备。

可以说，计划周密，目标清晰，这让李昌祉的内心充满了战斗的激情与渴望。但有一点不可忽略，即计划实施时，需要有一个秘密渠道通往各个监室，这是先决条件。如果没有这个条件，其他一切，等同于免谈。

由于各个监室之间隔着厚厚的墙，再加上狱中有敌人日夜站岗，要把各个相对封闭的监室打通，形成一个无形的整体，那么，这个用于联网的秘密渠道在哪里呢?

其实，李昌祉早已成竹在胸。

事情要从不久前的某一天说起。

那天，李昌祉遭受酷刑，被折磨得奄奄一息，只剩下一口气，被敌人抬回牢房，扔在地上，然后扬长而去。

也不知道李昌祉躺了多久，等他恢复了知觉时，发现自己虽然仍旧躺在冰冷的地上，但是头部枕在一个人的腿上。那个人正在给他喂米汤。

那个人见李昌祉睁开眼睛，就说："你终于醒了!"

李昌祉很是努力地朝那个人望了又望，之后他看清了，那个人是监狱里专门给各个监室送饭的伙房里的人。那个人很年轻，军帽下有一张略显稚嫩的娃娃脸，看上去顶多十八九岁。李昌祉看他时，他笑了一下，目光显得很是清纯。他用勺子一勺一勺地从碗里舀出米汤，然后递到李昌祉的嘴边。李昌祉便很是配合地张开嘴，把米汤喝下去。喝了一点点米汤，李昌祉觉得身上有了点热乎气……

从那之后，李昌祉就记住了这个年轻人。

又一天，这个年轻人送完饭，没有立即要走的意思。年轻人关心地问李昌祉："好些了吗？"李昌祉知道他问的是身上的伤，便点点头，说好一点了。年轻人说："他们下手也太狠了！"李昌祉又点了点头。然后，李昌祉问："你叫什么名字？"年轻人说："姓张，你就叫我小张好了。"李昌祉便叫了一声"小张"。小张就笑，笑得很开心。

后来见面的次数多了，李昌祉和小张说的话也就多了起来。

通过聊天，李昌祉得知小张的父母死于1913年。那一年的3月20日，正逢国会开会的前夕，国民党代理理事长宋教仁被杀。接着，4月，袁世凯非法签订善后大借款，准备发动内战，消灭南方革命力量。孙中山看清了袁世凯的反动面目，从日本回国，组织武装讨袁。小张的父母就是在后来史称"二次革命"的讨袁之役中身亡的。父母去世后，小张年幼，由民国政府收养。到了他上学的年龄，小张被包送到学校读书。毕业后，小张顺理成章地进入国民党部队，成了宪兵司令部看守所的一名看守。后来小张向李昌祉透露，他之所以在看守所专门负责送饭，是上司特意安排的。上司认为他"根红苗正"，从小就是"自己人"，忠诚、可靠，把送饭这样流动性大的活儿交给他，放心。

与小张接触多了，李昌祉对小张有了更深的了解。李昌祉了解到，小张在上学时，有一位年轻的老师给他留下了特别好的印象。这位老师学富五车，知识渊博，上知天文，下知地理，好像这个世界上，就没有他不知道的事情。这位老师课讲得好，深受学生的欢迎；课外，他经常介绍同学们读一些进步的书籍。小张说，那时候他通过读书，接触了马列主义，对他后来的世界观产生了很大的影响。他渐渐对社会与人生有了自己的想法。他同情生活在社会底层的人们，对国民党当局倒行逆施的种种做法十分反感。 当然，他也有过迷惘，有过困惑，对现实的灰暗感到十分无奈与痛心……

经过交流、考察和摸底，李昌祉最终认为小张虽然身在敌营，却追求进步，对光明充满了向往。 为此，李昌祉觉得小张是真实的，并未心怀叵测、蓄意作假，编造谎言来欺骗他，以谋取信任，从而达到不可告人的目的。 于是，李昌祉有了一个大胆的想法，他决定通过更多地与小张接触，和他多聊一些革命的道理，启发他的觉悟，一旦时机成熟，即发展他入党。 按照李昌祉的设想，如果此事获得成功，那么，无疑等同于今后在狱中开辟了一条无形的通道。 有了这条通道，后续的许多事情就相对好办多了。

想到这，李昌祉信心十足，他下一步要做的，就是如何将一种可能，变为生活中的现实!

应当说，事在人为，李昌祉的努力颇有成效。

一天，在李昌祉跟小张聊了一会儿之后，小张十分感兴趣地问："我怎么才能做一个像你这样的人?"

李昌祉问："像我这样的什么人呢?"

小张四下里看了看，然后低声说："共产党人!"

小张接着说："我最佩服共产党了，你们有崇高的理想、坚定的信念，只要认定了目标，不屈不挠，勇往直前，即使遇到再大的困难、再大的危险，也决不止步。"

小张又说："这样的人，活得才有价值，人生才有意义。"

李昌祉说："可是加入共产党是有危险的，有时候甚至要掉脑袋!"

小张说："我不怕。"

小张接着说："我不愿稀里糊涂、浑浑噩噩地活着，那样苟且偷生，与灵魂出窍没有什么两样!"

小张还说："人需要有精神追求。 我追求的是人世间的美好。 我愿意为此付出一切，包括生命！”

李昌祉说：“小张，如果我介绍你加入共产党，你愿意吗？”

小张眼睛顿时一亮，说那太好了！

到了开饭时间，明明蓝文胜就站在门口，送饭的年轻人仍朝他喊：“打饭，打饭！”

蓝文胜觉得有点意外，但又弄不清楚是怎么回事，便不吭声，把饭碗递了过去。那个年轻人给他打好饭，然后朝他使了个眼色，就走了。

蓝文胜等那个年轻人走远，趁没人看见，用筷子在碗里三拨两拨，就拨出一个小纸条。他取出纸条细看，是李昌祉写给他的。他认识李昌祉的笔迹。李昌祉在纸条上写着“此人可靠”。看完，蓝文胜把纸条塞进嘴巴，然后吞进了肚子里。

收到纸条后的蓝文胜别提有多高兴了。李昌祉说“此人可靠”，说明了什么？说明了在这座监狱中有自己人。那么，有了自己人，原本一盘死棋瞬间就有了走活的可能。你不妨想一想啊，这个自己人可是身穿看守服的人，他是自由的，流动性大，可以利用送饭的机会到处走动。这样一来，无形之中，封闭的监室就被打开了，铁窗再也关不住信息的流通。于是乎，一个个被关押的个体，从此就可以聚成一个整体。这是一件天大的喜讯啊，要不是怕暴露，蓝文胜真想吼两嗓子，以示庆贺！

接下来，蓝文胜心想，李昌祉是怎么与那个“自己人”联系上的呢？在这岗哨如林、防守森严的看守所，不管怎么说，都是个奇迹！

由此往深处去想，蓝文胜自然而然地想到了下一步应当做些什么！那么，做些什么呢？当然是在监狱里成立党的组织。这是当务之急，比什么都重要。

这时候的蓝文胜并不知道，他想到的这一点，与李昌祉想到的不谋而合。所以，当那个送饭的年轻人小张再一次来到蓝文胜的监房前，对着他大声地吆喝“打饭”时，蓝文胜在递上碗的同时，小声地问：“李昌祉怎么说？”

小张说：“对狱中关押人员进行逐个摸底，然后成立党支部。”

蓝文胜点点头。

接着，蓝文胜说：“代我问候昌祉！”

小张提着盛饭的木桶，走向另一个监房。

蓝文胜看着小张的背影，眼角不禁湿润了……

这是一个奇迹！

李昌祉和蓝文胜竟然在戒备森严的国民党南京宪兵司令部看守所里建立了中共党支部。有了党支部，此后在监狱里与敌人的斗争，就由原先的单兵作战，变成了团队行动。比如食物霉变，大家就可以齐心协力进行集体抗议，要求改善伙食。如果说一个人的力量单薄，那么，众人聚集起来的能量却能对敌人构成威慑。你要是不接受，大家就绝食，直到你让步、妥协！

再就是抱团取暖。身在狱中，人难免会或多或少地感到恐惧、孤独、寂寞，甚至情绪低落，这时候，就会有人及时向你伸出手来，给你宽慰，给你安抚，给你信心，给你力量。狱中的党支部成员，在工作上进行过分工，谁负责哪几个监房中的哪几个人，都有安排。这样一来，整个监狱没有死角，每个人都和党的组织节节相关、扣扣相连。

党支部的建立，就好比把伸开的五指合拢，然后攥紧，形成了拳头。如此一来，再出拳时，就有了力量，有了速度，甚至有了电闪雷鸣、山摇地动的影响力！

当然，也有不尽如人意之处。几个月后，那个为狱中党支部的建立做出巨大且积极贡献的小张，在一次利用送饭的机会与他人联络时，不幸被敌人察觉。小张的被捕，致使狱中党的组织遭受了巨大的损失！

这已是后话。

4. 歌　者

夜深人静。

偶尔，远处传来看守换岗的脚步声。过后，夜更加深沉。

李昌祉睡不着觉。此时，他的无眠，是由于写作造成的。他在写一首歌，这首歌的名字叫《囚徒歌》。

“囚徒，囚徒，时代的囚徒。我们并没有犯罪，我们都是从前线上捕来，从那阶级斗争的前线捕来……”李昌祉在反反复复地斟酌着歌词。

近来，李昌祉在心里一直有为难友们做一点什么的强烈愿望。那么，做什么好呢？思来想去，李昌祉决定写首歌。其好处是：首先，歌词在表达上言简意赅，易记易唱，寓意深刻，一看就明白。其次，歌是用来唱的，唱是一种非常好的情感表达方式，它能够把内心的感受统统释放出来。唱得好不好，已经不重要。哪怕是吼，也要吼得痛痛快快！再次，歌可以一个人唱，也可以集体唱。一个人唱时，是内心的倾诉与独白；集体唱时，是一种声威，一种壮阔。总之，如果有一首歌，能够唱出狱中难友们的心声，能够让大家在歌声中感受到无穷无尽的力量，那正是李昌祉写这首歌的目的所指！

完全可以想象，难友们在唱这首歌时的情景。他们会激情飞扬，全身心地投入，把心中要说的话都通过歌唱了出来。在这特殊的情况下，歌是战歌，唱歌能唱出战斗力！

想到这，李昌祉倍受鼓舞，继而集中精力，专心致志地投入歌词的创作中。

“铁窗和镣铐，监狱和牢门，锁得住自由的身体，锁不住革命的精神……”

李昌祉一边写，一边被歌词感动。是的，对于革命者来说，监狱是一个特殊的战场，他们正在进行着一场特殊的战斗。战士的本色，就是要体现在任何情况下，都特别能吃苦，特别能战斗！

按照现在的话说，李昌祉是个文艺青年。他从小就喜欢文艺，尤其是对当地的嘉禾花灯戏情有独钟。

在李昌祉的家乡嘉禾县，具有当地特色、纯属小戏剧种的花灯戏非常流行。那时候，花灯戏在乡村享有较高的声誉。据有关资料记载，几乎“无村不演花灯戏、无班不学花灯曲、无处不谈花灯题”，并有“无人不知传统花灯戏《下洛阳》”的说法。可见花灯戏在当地普及程度相当高。生活中，人们就像吃饭、睡觉那样，离不开花灯戏。其间，无论是日子过得舒坦，还是艰辛；无论是高兴，还是悲伤，大家都要唱花灯戏，借以宣泄内心的情感。可以说，李昌祉从小就是在嘉禾花灯戏所特有的氛围里长大的。当他会说话的时候，就会哼上两三句花灯戏。尤其是花灯戏的唱腔和旋律，早已如同种子般播撒在他的心田，以至于天长日久，生根发芽，茁壮成长。

由于喜欢花灯戏，李昌祉连同喜欢上了用来演奏花灯戏的乐器。李昌祉有个特点，一旦喜欢上什么，就特别着迷。就拿他喜欢二胡来说吧，常常是坐在拉二胡的人家门口，听得如痴如醉，一听就是大半天，甚至到了吃饭的时候都不回家。后来李昌祉的养父见他喜欢，就给他买了把二胡，让他跟村里的一个会拉胡琴的人学。李昌祉学得认真、刻苦，用不了多少时间，就拉得一手好二胡！

让李昌祉施展文艺才能，大有用武之地的是他在县甲种师范读书的时候。当时全国的革命运动风起云涌，各地的工会、农会和进步社团如雨后春笋纷纷成立。李昌祉所在学校也不例外，学生们在唐朝英、黄益善等共产党员的影响下，把各种活动开展得有声有色、如火如荼。李昌祉参加了由同学、好友，后来同为共产党员的李韶九组织的新文化剧团。作为团里的文艺骨干，李昌祉发挥了积极的作用，吹拉弹唱，样样在行。也正是在这段时间，李昌祉尝试着进行了文艺创作。因为演出，剧团需要新的节目；而只有新的节目，才能表现他们想要表现的内容。好在初生牛犊不怕虎，李昌祉毫无顾忌，开始写歌词，谱曲子。严格地说，李昌祉最初写的曲子，不属于原创，仅是改编。他套用花灯戏的曲牌，一连写了好几首歌，然后唱给同学们听。大家听了都说好，说既有花灯戏的韵味，又有歌的特色，属于创新。李昌祉听了就笑。李昌祉说，这就对了。花灯曲调有小调和单调之分。小调完全是土生土长的民歌小调，源于民间，其主要特色是欢快明朗，带有泥土所特有的芬芳。因此，大家听了觉得亲切，原因就在这里。

但不管怎么说，李昌祉能够写歌词、谱曲，这不仅对于新文化剧团来说非常重要，即使是对于他自己，也是一个通往才艺之门的极好起步。从此，李昌祉从事文艺创作的积极性更高了！

现在，李昌祉为狱中难友们写歌，写得得心应手，非常顺畅。不多会儿，他就把歌词写成了。于是，在这个夜深人静的夜晚，他在心里轻轻地唱起这首歌来。他唱着唱着，发现哪里有不理想的地方，立即停下来进行修改。这样反反复复，唱了一遍又一遍，也修改了一遍又一遍，直至满意为止。

一个深陷囹圄的人，无视环境的险恶，能够潜下心来，忘我地为狱中的难友创作一首歌，这反映出了一种什么样的精神？

毫无疑问，这是一种高昂的革命乐观主义精神！

革命乐观主义指的是作为一种世界观、历史观和人生观，认为理想终将成为现实，善终将战胜恶，正义终将战胜非正义。

李昌祉是一个典型的革命乐观主义者，因为他始终相信自己有足够的行为能力来承受和减弱原有负向价值对于自己的不良影响，并使原有正向价值发挥更大的积极效应。因此他才能够身在狱中，面对严酷的现实，仍抱有积极的生活态度；才能够寻找机会，联系狱友，发展党员，建立组织；才能够怀着坚定的信念，富有革命激情地创作歌曲，一心想用正向价值来削减负向价值带给人们的影响。

事实上，李昌祉的乐观主义，并不是盲目的乐观。李昌祉的乐观主义是建立在对社会发展规律和前途充满信心基础上，科学的、革命的乐观主义。李昌祉具有远见卓识，他相信新事物必然战胜旧事物，正义必然战胜邪恶。也就是说，革命一定能取得最后的胜利！

有了这样的革命乐观主义精神，李昌祉就有了面对艰难困苦，甚至是面对流血牺牲的从容与镇定。他心中装有大目标。他正朝着这个目标高歌猛进！

李昌祉当夜写好的这首《囚徒歌》，第二天一早，就通过秘密渠道，传到了各位狱友的手里。

于是，某个监室响起了学唱这首歌的声音。那歌声很轻，断断续续，后来有了连贯性，声音也越来越大了；接下来，一个个监室不约而同地纷纷响起了歌声——

“囚徒，囚徒，时代的囚徒。我们并没有犯罪，我们都是从前线上捕来，从那阶级斗争的前线捕来……”

大家起劲地唱着。

“铁窗和镣铐，监狱和牢门，锁得住自由的身体，锁不住革命的精神……”

歌声嘹亮，激越飞扬！

似乎相互之间受到感染，你听，一个监室的歌声高亢起来，另一个监室的歌声更加昂扬。歌声此起彼伏，如同汹涌的波涛，不多时，便把监狱淹没成了一片汪洋！

看守不知发生了什么事，紧张得不得了，连忙吹响哨子，唤来了更多荷枪实弹的看守。当大批的看守站到牢房铁窗前时，面对众人唱响的《囚徒歌》，一头雾水，仍旧不知怎么回事。他们一个个愣住了，心想，好端端的，这些人怎么回事，一大早的，唱什么歌啊?！

看着看守们一脸窘迫和茫然，狱友们的歌声更加嘹亮了，他们扯开嗓子，攒足了劲，全身心投入地唱着。他们一边唱，一边情不自禁地挥手打起拍子来，那样子，显然是给自己加油、鼓劲。

唱完一遍，他们接着再唱。

每唱一遍，大家都觉得特别带劲，特别兴奋，特别开心，特别鼓舞斗志！

监狱的看守像是明白了眼前发生了什么事，大声地制止。可是他们的制止声在嘹亮的歌声面前，显得那么势单力薄，根本不堪一击，就被歌声的洪波淹没了……

李昌祉听到大家齐声高唱他写的歌，巨大的成就感涌上心头，忍不住满怀激情地加入狱友们的大合唱中！

5. 走向永恒

1933年2月12日清晨，天刚蒙蒙亮，李昌祉就起来了。他默默地穿好衣服，整理了一下凌乱的头发，然后静静地等待着执刑者的到来。

这一天，是李昌祉来到这个世界上最后的日子。

在这一天之前，准确地说，是在1月25日旧历年除夕这一天，李昌祉得知蒋介石因为他不肯招供，恼羞成怒，已经下了就地枪决他的手谕。这个消息来源可靠，是黄埔军校的校友当面告诉李昌祉的。那个校友从谷正伦那里看到蒋介石的手谕后，顾及与李昌祉的友情，竟然不怕受到牵连，来到看守所探监。分别之时，李昌祉见那个校友难舍难分，好像有话欲说，便问怎么了，那个校友就把实情告诉了李昌祉。他觉得自己太残酷，竟然在李昌祉被执行死刑之前相隔这么多天，就让他嗅到了死亡的气息，然后再慢慢地等待着这一天的到来；这无异于钝刀割肉，让一种疼痛，更加地疼痛！但他却又很无奈。因为他明知结果，如果不告诉李昌祉，于情于理说不过去，那样，事后他会后悔的。

可是李昌祉听到自己不久将离开人世的消息，显得非常平静。反过来，他却安慰那个校友，说人生自古谁无死，只要死得其所，死得有价值，就不枉在这个世界上走了一遭！有的人活着，如同行尸走肉，活在世上与死了区别不大；而有的人，虽然活的时间不长，但活得质量高，活得有价值，这样的人，与其说是死了，不如说是获得了永生。李昌祉说，他要做后一种人。他为自己人生选择的正确感到高兴！

听李昌祉这样说，那个校友泪流满面，他握着李昌祉的手，激动地说：“英雄，英雄啊！”接着，那个校友又说：“假如有来世，我们还做校友，做最好最好的朋友！”

李昌祉很感激那个校友告诉他即将离世的消息。李昌祉在心里计算过，从蒋介石的手谕下达，到文本送至宪兵司令部谷正伦的手里，然后敌人不死心，再对他进行最后的劝说，争取让他归顺，其间，最起码还有十多天的时间。这就很好。在这些时间里，正好让李昌祉把一生好好梳理梳理。李昌祉需要这样的梳理，他要把自己梳理得清清爽爽、干干净净了，然后心安理得地面对死亡，走向人生的最后那一刻……

李昌祉想了很多。

他想到了父亲李丙和。那可是一个受苦的人。家里穷，常常揭不开锅，吃不好饭不说，父亲身体弱，并患有重病。再说，地里的活，也离不开他。家里的生活担子，即使再沉重，他也必须挑着。所以，对父亲从小把他过继给叔叔李保和，李昌祉从来都不埋怨。李昌祉知道那是作为父母的无奈之举，在这个世界上，有谁不心疼自己的儿女呢？又有谁会心甘情愿把自己幼小的孩子送给他人呢？这不是被贫困逼得没有办法，才骨肉分离的吗？有时候，李昌祉会站在父母的角度去想。这样想来，父母的心里就有了一种痛，一种终身不愈的痛！

由父亲，李昌祉不免想到了自己。作为儿子，他已经没有机会孝敬父母了。这也是他心中的痛。这些年，李昌祉忙于革命工作，自从离开家后，基本上就无暇顾及家里的事了。他希望日后，父母能够原谅他。如果那样，李昌祉在天堂会感到心安的。

李昌祉想到了他的养父李保和。那可是一个好人。从小，李保和供他吃，供他穿，还供他上学。李保和收养李昌祉，一是出于兄弟之间的相互帮助，毕竟李昌祉的父亲是他的哥哥。在李保和看来，他收养李昌祉，等同于帮他哥哥养儿子。不同的仅仅是，生活在另一个屋檐下而已。另一方面，按家乡的风俗，李保和收养李昌祉，也是为了带来好运，好生个孩子。好在李昌祉来到李保和家不久，不负众望，好运果然降临，李昌祉的弟弟李昌石出生了。李昌祉与李昌石的关系一直很好，如同亲兄弟。

有时，李昌祉想着想着，会突然冒出个念头来，心想，要是养父和他的弟弟日后知道他的死讯，一定会很伤心。一想到这，李昌祉的心里就对他们充满了深深的歉意！

李昌祉会想到他的妻子。

王周元是李昌祉的前妻。李昌祉觉得挺对不起她。那时候李昌祉年轻，用现在的话说，还不懂得如何生活。他和她是由家人撮合成亲的，相互之间，谈不上有多少感情。后来两人分开了。据说王周元再婚，嫁给了城南门一个名叫李柏玉的人，日子过得顺风顺水、风平浪静。这正是李昌祉所期望的。王周元生活安定，对他来说是个很好的安慰。

李昌祉与王周元有个女儿，也就是前面说过的那个李水芹。1933年2月，李水芹四岁了。李水芹将在她四岁的这一年失去亲生父亲，这也是李昌祉心中的一个痛。李昌祉觉得自己对不起李水芹，他没有尽到一个父亲的责任。他在李水芹很小的时候，就离开了她。这个债，今生他是无法偿还了。他希望李水芹将来长大了，能够知道她的父亲是为了追求光明，追求真理而牺牲的，那样，他会在九泉之下，感到极大的欣慰！

李昌祉还想到了他现在的妻子曹依兰。她从南京匆匆忙忙回到家乡之后还好吗？毕竟是回到了老家，这让李昌祉多多少少感到放心。有困难，她可以找家里人帮忙。无论是她自己的兄弟姐妹，还是李昌祉的家人，都会把她当作亲人。只要大家碗里有饭，就不会让她饿着。

当然，她还年轻，李昌祉心想，等到他死后，曹依兰应当嫁人，应当继续过属于自己的美好生活。

由妻子，李昌祉顺便还想到了他的初恋。那个姑娘名叫李郴员。那时候他和她是同学，一起在学校里参加过进步社团的活动。李郴员性格开朗，为人活泼。他们经常在一起写标语，上街演讲，参加剧社的演出……他对她怀有好感。但仅仅属于暗恋式的，没有向对方进行过表白。这也是李昌祉后来非常后悔的一件事。再后来，随着形势的变化，反动势力疯狂反扑，革命处于低谷，很多老师和学生纷纷离开了学校，李昌祉便与李郴员失去了联系。不过，在李昌祉加入党的组织后，听说李郴员也参加了革命，成了一名共产党员。遗憾的是，从那以后，两人远隔天涯，再也没有机会相见……

李昌祉还想过他的许多老师和同学。在他的同学中，让他惦念较多的两个人，一个是萧克允，一个是萧克忠。

他们两个人是同胞兄弟。

萧克允 1926 年加入中国共产党，参加过北伐战争和南昌起义。1927 年 12 月返乡开展武装斗争，并在家乡建立了共产党的基层组织。1928 年初参加湘南起义，后随部队上井冈山。1930 年起任红十六军中级指挥员、湘鄂赣红军独立第三师参谋长、湘鄂赣军区独立第二师政委。就在 1933 年初十分想念他的时候，李昌祉并不知道，萧克允已经担任鄂东南红军独立第三师师长，并在这一年的湖北通城战斗中光荣牺牲！

萧克忠后来更名为萧克，1955 年被授予中国人民解放军上将军衔。当然，这已是后来的事了。当时，他既是李昌祉在县立甲种师范学校的同学，又是黄埔军校四期的同学。随后，萧克参加了北伐战争、南昌起义、井冈山斗争和长征，历任连长、营长、团长、师长、军长、红六军团长、红二方面军副总指挥等职。1928 年秋，正是萧克根据党组织的安排，约李昌祉来到江西南昌，然后介绍他去上海，打入敌人内部，从事地下工作的。

李昌祉之所以在这种时候想到这两个人，是想告慰战友，他李昌祉是个挺直了腰杆的硬汉，他没有让老同学、老战友失望。他有着坚定的革命信仰，愿为共产主义事业献出自己宝贵的生命！

李昌祉还想到了他的上级，他想告诉他，在自己被捕前，已经把该做的事都做了。他想请组织放心。一旦他哪天死去，也不要为他难过。既然要干革命，就会有牺牲。他希望后来者踏着他的血迹前进，将革命进行到底！

……

身在牢房，失去了自由的李昌祉，通过静思的方式，与他所热爱的这个世界进行告别！

不出李昌祉所料，谷正伦收到蒋介石就地枪决李昌祉的手谕后，仍不死心，他还想作最后的努力，劝李昌祉投降。

谷正伦安排手下的人把李昌祉押到了审讯室。

那个人倒爽快，见到李昌祉，便开门见山地说，是谷司令派他来的。

那个人说，谷司令让他告诉李昌祉，留给李昌祉的时间不多了，何去何从，是死是活，要他慎重考虑。

那个人说："我就弄不明白了，你们共产党人怎么这么想不开呢？往前一步是生，往后一步是死。老话说，好死不如赖活。你就不能灵活一点，在自首书上签个名，把你知道的一些都说出来，然后就没事了。该吃的吃，该喝的喝。若想当官，有官当；若是要钱，也有钱可花。死扛着，这是何苦呢？！"

李昌祉说："这你就不懂了吧。人哪有自己想死的？没有！都不愿意死。但人总有一死。富贵荣华地过一生，到了是死；穷困潦倒地过一辈子，到了也是死。可是死跟死不同，有着根本性的区别。那要看你怎么死了，是崇高献身，还是卑鄙致死；是成仁取义，还是降志辱身；是重于泰山，还是轻如鸿毛；是头颅高昂，还是匍匐在地……既然人过一辈子，都免不了一死，我愿意为真理而死，死得其所！”

那个人说：“你可要想好了，过了这个村，就没了那个店！”

李昌祉说：“少废话，要杀要剐，你们就动手吧！”

那个人不再说什么了，手一挥，让看守把李昌祉押回牢房。

显然，作为对手，那个人不得不暗暗地敬佩李昌祉，以至于他在李昌祉离开审讯室时，毕恭毕敬地以立正的姿势站在那里，向对方致以注目礼……

走道上响起零乱的脚步声。李昌祉意识到行刑者来了，他站起身，特意伸出手来，理了理头发，又整了整衣领。他要给这个即将告别的世界，留下一个美好而又整洁的印象。

一阵开锁声后，门开了，进来几个人，为首的一个当官模样的人问：“你是李昌祉？”

李昌祉平静地说：“正是。”

那个人手举一张纸，在李昌祉的眼前晃了晃说：“总裁手谕，对犯人李昌祉就地枪决，立即执行！”

说完，那个人一挥手，李昌祉被押出了牢房。

这时候，各个监室的难友们纷纷挤到铁窗前，与李昌祉告别。此时，没有哭泣，没有眼泪，也没有呐喊声，整个监狱里死一般沉寂。大家紧握着拳头，用炽热的目光在为李昌祉送行。当李昌祉的脚步声和他脚上铁镣的链子拖在地上发出的声音，一声又一声，很有节奏地响彻初春的这个早晨时，不知是谁起头，唱起了歌。

大家唱的是李昌祉在狱中创作的《囚徒歌》。

“囚徒，囚徒，时代的囚徒。我们并没有犯罪，我们都是从前线上捕来，从那阶级斗争的前线捕来……”

很快，大家跟着唱了起来。

“铁窗和镣铐，监狱和牢门，锁得住自由的身体，锁不住革命的精神……”

歌声越来越激越，越来越嘹亮！

歌声中，李昌祉双手抱拳，举过头顶，一边走，一边向难友们频频挥动致意。

从李昌祉被关押的牢房到看守所的大门口，路程并不远。可是李昌祉却感觉走了很久很久，似乎把自己一生要走的路都走尽了。

当他踏着歌声，在难友们的目光中走出看守所的大门，走到已经发动待行的囚车前，觉得自己此生已再无憾事。于是，他回过身来，向难友们的方向挥了挥手，轻轻道了一声：

“同志们，再见了！”

南京雨花台。

早已提前到达的军警，布置好警戒线后，一辆囚车缓缓地开了过来。

下了囚车的李昌祉抬头看了看天空，见一朵早起的云正向东边飘去。他朝那朵云点了点头，然后向一片草地走去。

2月，春寒料峭，草地满目枯黄。但李昌祉相信，过不了多久，只要南风一吹，小草就会迅速发芽，吐出一片新绿。

李昌祉走到草地的边缘，停了下来。再往前，就是一片小树林。李昌祉觉得这地方不错，宽敞而又空旷的草地，有树林作为背景墙，很适合作为自己人生的最后归属地。于是，他转过身，站定，从容不迫地伸出手来，理了理并不凌乱的头发，并整了整衣服的领口，心想，要是有个镜子照一照就好了。作为黄埔军校四期的毕业生，李昌祉非常注重军容军姿，他觉得就要离开这个世界了，即使倒下，也要像战士一样，着装整齐，以卧倒持枪射击的标准姿势，扑向大地！

整理完毕，李昌祉朝准备行刑的人点头，示意对方，他已经准备完毕，可以开枪了。

行刑的人见李昌祉朝他们点头，竟然慌了神。于是，他们不约而同地朝行刑官看了看，那意思是：怎么办?

行刑官很生气。

行刑官说："你们看什么看? 都给我打起精神来。子弹上膛!"

行刑的人拉枪栓，发出一阵金属撞击的清脆响声。

行刑官对李昌祉说："你可以背过身去了。"

李昌祉仍旧站在那里，一动不动。

行刑官说："听见没有，转过身去，这样就不用给你蒙上眼了。"

李昌祉说："不必了。要是怕死，就不当共产党了。来吧，开枪吧!"

接下来，李昌祉高呼："打倒国民党反动派!""中国共产党万岁!"……

随着一声枪响，李昌祉缓缓地倒下，倒在了草地上。

就在李昌祉倒下时，太阳升了起来。红红的太阳，如同血染一般……

李昌祉同志壮烈牺牲了。

这一年，他年仅二十七岁!

后　记

当我在电脑键盘上敲下最后一个字，写完这本书时，意犹未尽，总觉得还有很多内容需要写，而没有写；总觉得李昌祉这个人物应当更加丰满，更加富有魅力，而我写出的，仅仅是冰山之一角。作为纪实文学作家，这无疑是一件非常遗憾的事！

为什么这样说呢？

还是那句老话，由于年代久远，再加上隐蔽战线工作的特殊性，李昌祉给我们留下的可供参照的文字史料极其有限。今天我们能够见到的，只是李昌祉人生轨迹中很少的一部分，它们根本就不可能全面，而是呈碎片状，零零星星地散落在历史的缝隙处。要是不加注意，很难发现它们的存在。

再就是史料的多样性。虽然说史料的多样性有助于人物和事件的丰富性，但毕竟李昌祉是一个真实的历史人物，写作中，我每每遇到类似戏说、演义或明显有悖于史实的材料，便一律小心谨慎，认真对待。我认为，既然是以纪实文学的方式书写革命烈士，在材料的取舍上，更应严肃，更应仔细，稍有不慎，或稍有马虎，那都是对先烈的不恭不敬，对历史的伤害。如此一来，本来就不多的史料，在写作的过程中，经过一次次筛选，便显得更加稀少了。

按我的想象，经历了刀光剑影、腥风血雨的李昌祉，在那个特殊年代，肯定有着许许多多我们至今闻所未闻的故事，如果我们有能力真实而全面地还原历史，李昌祉这个人物一定会很丰满，很生动，更能打动读者。从这个意义上来讲，我今天写的这本书，先天不足，带有缺憾，仅仅等同于速写，给李昌祉简简单单地画个像而已。

在写作这本书的过程中，我常常以代入的方式，把自己置于那个血与火的年代，置于李昌祉的生活之中，和他进行全方位的对比。这时候我会发现，李昌祉当之无愧是一位勇于进取、敢于担当，有着崇高理想与坚定信念的革命者。

试想，作为黄埔军校的毕业生，假如李昌祉放弃对于真理的不懈追求，而是效忠于蒋介石，那会是什么状况呢？会得到高官厚禄、荣华富贵。可是李昌祉却为了一个宏大的信念，选择了一条荆棘丛生的道路。

当年黄埔军校有一副对联这样写道："升官发财请往他处，贪生怕死勿入此门。"此时，我们若用这样的精神境界来衡量李昌祉，以及像李昌祉这样的共产党人，是再恰当不过的了。

李昌祉不怕困难，不畏艰险，认定目标，不弃不离，充满了大智慧，即使是处于危机四伏之中，仍能镇静自如，从容不迫；即使是面对流血牺牲，也能够大义凛然、勇往直前。在他的身上，我们看到了一个共产党员的高尚情操和可贵品质，看到了一个人经历了烈火的熔炼，是如何从中提炼出了人生的光彩与纯粹的。现如今，当我们面对商品社会的流光溢彩，面对物质世界无处不在的种种诱惑，以李昌祉为标杆，向英雄看齐，还有什么个人利益不能舍弃，还有什么生活得失值得斤斤计较呢？！

人要有信仰。

李昌祉就是一个有着坚定信仰，值得敬佩的人。

人一旦有了信仰，就有了人生的目标，有了价值的追求，有了正确的生活态度，有了具备大格局、大气象的可能性。

这也是我写这本书的一大收获！

在写这本书的过程中，离不开江苏省作家协会的信任。他们把如此具有历史厚重感的写作任务交给我，让我从中收获颇丰、获益匪浅；离不开李昌祉烈士的家乡湖南嘉禾县史志办公室的支持，他们特地安排了雷福宝同志与我进行工作上的对接，为我提供了大量的资料，给予了很大的帮助；还离不开关心我写作这本书的朋友们，他们为我传递了许许多多有价值的信息，有助于我的思考，并丰富了本书的内容。

在此，深表谢意!

2018 年 8 月 31 日

雨花忠魂·雨花英烈系列纪实文学

《流火：邓中夏烈士传》 龚　正 著

《落英祭：恽代英烈士传》 徐良文 于扬子 著

《去留肝胆：朱克靖烈士传》 王成章 著

《夜行者：毛福轩烈士传》 周荣池 著

《残酷的美丽：冷少农烈士传》 薛友津 著

《爱莲说：何宝珍烈士传》 张文宝 著

《飙风铁骨：顾衡烈士传》 邹　雷 著

《碧血雨花飞：郭纲琳烈士传》 张晓惠 著

《“民抗”司令：任天石烈士传》 刘仁前 著

《青春永铸：晓庄十烈士传》 蒋　琏 著

《文心涅槃：谢文锦烈士传》 周新天 著

《丹心如虹：谭寿林烈士传》 刘仁前 著

《云间有颗启明星：侯绍裘烈士传》 唐金波 著

《风向与信仰：金佛庄烈士传》 李新勇 著

《栽种一棵碧桃：施滉烈士传》 蒋亚林 著

《雄关漫道：陈原道烈士传》 杨洪军 著

《忠贞：吕惠生烈士传》 辛　易 著

《红骨：黄励烈士传》 雪　静 著

《热血荐轩辕：李耘生烈士传》 张晓惠 著

《世纪守望：徐楚光烈士传》 李洁冰 著

《以身殉志：邓演达烈士传》 王成章 著

《逐潮竞川：孙津川烈士传》 肖振才 著

《生命的荣光：朱务平烈士传》 吴万群 著

《信仰无价：许包野烈士传》 裔兆宏 著

《金子：杨峻德烈士传》 蒋亚林 著

《血花红染胜男儿：张应春烈士传》 李建军 著

《青春祭：邓振询烈士传》 吴光辉 著

《任凭风吹雨打：罗登贤烈士传》 龚 正 著

《红灯永远照亮中国：吴振鹏烈士传》 曹峰峻 著

《青春的瑰丽：陈理真烈士传》 薛友津 著

《长淮火种：赵连轩烈士传》 王清平 著

《青春绝唱：贺瑞麟烈士传》 刘剑波 著

《逐梦者：刘亚生烈士传》 李洁冰 著

《抱璞泣血：石璞烈士传》 杨洪军 著

《新生：成贻宾烈士传》 周荣池 著

《血色梅花：陈君起烈士传》 杜怀超 著

《文锋剑气耀苍穹：洪灵菲烈士传》 张晓惠 著

《红云漫天：蒋云烈士传》 徐向林 著

《在崖上：王崇典烈士传》 蒋亚林 著

《生死赴硝烟：夏雨初烈士传》 吴万群 著

《八月桂花遍地开：黄瑞生烈士传》 辛 易 著

《英雄史诗：袁国平烈士传》 浦玉生 著

《青春风骨：高文华烈士传》 吴光辉 著

《魂系漕河四月奇：汪裕先烈士传》 赵永生 著

《犹有花枝俏：白丁香烈士传》 孙骏毅 著

《向光明飞翔：朱杏南烈士传》　梁　弓 著
《长虹祭：陈处泰烈士传》　李洁冰 著
《浩气长存：周镐烈士传》　胡继云 著
《山丹丹花开：胡廷俊烈士传》　杜怀超 著
《铁血飞雁：赵景升烈士传》　陈绍龙 著

《壮怀激烈：顾浚烈士传》　梁成琛 著
《麟出云间：姜辉麟烈士传》　杨绵发 著
《燃烧的云：谢庆云烈士传》　晁如波 著
《一饫余香死亦甜：黄樵松烈士传》　赵永生 著
《于无声处：李昌祉烈士传》　刘晶林 著
《正气贯长虹：高波烈士传》　陈恒礼 著
《向死而生：陈子涛烈士传》　张荣超 谢昕梅 著

图书在版编目（CIP）数据

于无声处：李昌祉烈士传 / 刘晶林著 . -- 南京：江苏凤凰文艺出版社，2025.1
（雨花忠魂：雨花英烈系列纪实文学）
ISBN 978-7-5594-8475-8

Ⅰ . ①于… Ⅱ . ①刘… Ⅲ . ①纪实文学 – 中国 – 当代 Ⅳ . ① I25

中国国家版本馆 CIP 数据核字 (2024) 第 008724 号

于无声处：李昌祉烈士传

刘晶林 著

出 版 人　张在健
责任编辑　姜业雨
封面设计　马海云
责任印制　杨　丹
出版发行　江苏凤凰文艺出版社
　　　　　南京市中央路 165 号，邮编：210009
网　　址　http://www.jswenyi.com
印　　刷　南京新洲印刷有限公司
开　　本　880 毫米 ×1230 毫米　1/32
印　　张　6.5
字　　数　180 千字
版　　次　2025 年 1 月第 1 版
印　　次　2025 年 1 月第 1 次印刷
书　　号　ISBN 978-7-5594-8475-8
定　　价　36.00 元